GEORG PAPKE

EIN MYSTERIÖSER FUSSABDRUCK

ROMAN

Ein nicht ganz gewöhnlicher Fall
beschäftigt eine Familie. Wem gehört
wohl dieser fremde Fußabdruck?

© 2023 Georg Papke
Herstellung und Verlag:
BoD – Books on Demand,
Norderstedt
ISBN: 9783757860127

Inhaltsverzeichnis:

1.0 Wieder daheim

Zum ersten Mal saß ich nun wieder in Berlin vor einem Cafe` und trank in Ruhe und mit Genuss einen Kaffee. Dabei blickte ich auf die hastig an mir vorbei huschenden Leute, die mit einem Pappbecher in der Hand irgendwo hin strebten. Mich schüttelte es, nur weil ich mit ansehen musste, wie diese armen Menschen nicht mal die Zeit hatten einen Kaffee in Ruhe zu trinken. Dabei kann man bei einem Kaffee so gut entspannen und nachdenken, was als nächstes zu tun ist und danach wieder durchstarten. Schon alleine beim Anblick der Pappbecher wurde mir übel! Ich habe gelesen, dass die Menschen in der heutigen Zeit viele Aktivitäten haben, wobei aber jede nur maximal zwei Stunden dauert. Diese Unbeständigkeit sollte einem zu denken geben.

Hier hatte ich vor fast genau einem Jahr auch gesessen. Allerdings hatte es gera-

de tagelang kräftig geregnet und ich war
froh, endlich hier weg zu kommen. Jetzt
ließ ich die Zeit noch einmal in Zeitlupe
an mir vorbei ziehen. Ja, das vergan-
gene Jahr war eine interessante Zeit
gewesen. Ich hatte sehr viel erlebt und
gesehen. Das war keine vertane Zeit.
Leider war das Jahr viel zu schnell
vergangen. Gerne hätte ich noch so
manches erledigt. Aber es war üblich,
dass man nach einem Jahr abgelöst
wurde. Schließlich zollte man damit
auch etwas Respekt an das Alter der
Teilnehmer. Nicht alle waren noch so
gut drauf wie ich, musste ich immer
wieder fest stellen. Das lag aber auch
ganz besonders an der jeweiligen
Einstellung. Geht man eine schwierige
Sache als Optimist an, gelingt es einem
viel leichter als wenn man immer nur
alles pessimistisch betrachtet. Außerdem - und das ist besonders wichtig -
fühlt man sich dann viel wohler.

2.0 Senioren als Helfer

Über ein Jahr hatte es mich fast in den hintersten Winkel Afrikas verschlagen. Denn ich hatte mich gleich nach dem Beginn meiner Rente bei der Organisation *Senioren Helfen* angemeldet. Ich wollte nach meinem arbeitsreichen Leben mich nicht einfach nur zurück lehnen und nichts mehr tun, sondern aktiv bleiben.

Zwei Gründe sprachen dafür:

1. Wenn man nichts tut, verfällt man besonders im Alter schnell, sowohl geistig, wie auch körperlich.

2. Und eigentlich war ich der Meinung, dass ich von dem im Leben gelernten auch etwas an die Gesellschaft zurück geben könnte.

Es war schneller gegangen, als ich gedacht hatte. Kaum hatte ich mich angemeldet, schon kam ein erster Anruf. Ob ich mitmachen wollte bei einem Projekt in Kenia. Es würde dringend noch ein Mann gesucht in einem Team, das in wenigen Tagen schon aufbrechen sollte. Es sei ein ganz neues Betätigungsfeld, aber anscheinend sehr wichtig. In einem abgelegenen Dorf sollte versucht werden zu helfen. Es gäbe dort bisher noch keinen Strom, kein frisches Trinkwasser und vor allem keine Schule. Wobei im Übrigen auch alle bisherigen Gebäude viel zu wünschen offen ließen. Das Dorf hatte insgesamt nur etwa 300 bis 400 Einwohner, genau wusste es niemand.

Unsere Gruppe sollte aus 4 Mann bestehen. Einem Naturschützer, einem Lehrer, einem Schlosser und mir als gelernter Architekt. In Windeseile wurde ein Container mit den nötigsten Gegenständen voll gepackt. Dazu zählte in erster Linie Handwerkzeug, einige Materialien, wie Holz und Metallteile. Aber auch 21 Fahrräder, die wie zufällig herum standen, füllten den Rest des Containers aus.

Zum Ziel war nur so viel bekannt, dass

das Dorf Sericho heiße und etwa 300 km nordöstlich von Nairobi liegt. Hin kommen würde man mit einem Jeep, der in Nairobi von einem anderen, leider gescheiteren Projekt, zurück gelassen worden war. Den Container würde man versuchen durch einen Spediteur so schnell wie möglich nach zu liefern. Und schon saßen wir zu viert im Flugzeug nach Nairobi.

Der Flug dauerte ca. 12 Stunden.

Preis für nur Hinflug 385 €, aber den zahlte unsere Organisation.

3.0 Sericho

Die Fahrt mit dem Jeep für die ca. 300 km von Nairobi bis Sericho dauerte über 8 Stunden. Und das bei der Hitze. Damit bekamen wir schon mal einen kleinen Vorgeschmack auf das, was uns hier erwarten wird.

In Sericho hatten wir natürlich kein Hotel erwartet. Deshalb hatten wir ein großes und zwei kleine Zelte einge-packt. Für mich nicht fremd, hatte ich doch schon oft in meinem Leben ge-campt. Der Lehrer fremdelte als Ein-ziger, ließ es sich aber nicht anmerken.

Die erste Aufgabe war es nun, zuerst Kontakt zu suchen zu dem hier verant-wortlichen Dorfältesten. Dabei ergab sich schon mal die erste große Über-raschung! Das war nämlich eine ältere grauhaarige Frau so im Alter von etwa 50 Jahren genau konnte ich sie nicht schätzen. Ungewohnt, denn wir hatten hier eigentlich einen Mann erwartet. Wir ließen uns aber die Überraschung nicht anmerken. Leise dachte ich aber bei mir, dass das gar nicht so schlecht ist, denn Frauen sehen manches Problem mit ganz anderen Augen.

Also warum nicht eine Frau?

Ich war unterwegs schon auserkoren worden das Wort für alle zu führen, weil ich wohl durch meine vielen Auslandsreisen die meiste Auslandserfahrung hatte. Man ließ uns durch den Dolmetscher wissen, dass uns die Dorfälteste am Nachmittag empfangen wollte. Das war schon mal eine erste gute Überraschung.

Ich hatte mich wohl als erster in die neue Situation gefügt. Das Treffen fand dann auch unter den besten Bedingungen statt. Ich hatte mir zum Glück ein paar Geschenke eingepackt, man konnte ja nie wissen. Ich durchsuchte nun mein Gepäck und fand ein großes buntes Tuch. Das könnte gehen, dachte ich. Tatsächlich kam ich damit sehr gut bei der Dorfältesten an. Sie nahm es in die Hand und drückte es sich ins Gesicht, wobei sie leicht grinste. Dann kamen wir mit Hilfe unseres Dolmetschers ins Gespräch.

Zuerst fragte ich nun, wo unsere Hilfe wohl am ersten ansetzen sollte. Das war eine taktische Frage, denn ich wollte sie einerseits nicht mit unseren Ideen überfahren. Und andererseits war es mir wichtig zu erfahren, wo denn hier der Schuh am meisten drückt. Natürlich hing auch viel vom Wetter ab, mit dem wir uns ja noch gar nicht auskannten.

Die Frau begann nun ihre Probleme aufzuzählen:

Die *Wasserversorgung* des Dorfes sei sehr schlecht. Das Wasser aus dem Bach war nicht Bakterien frei, so dass immer wieder Leute erkrankten.

Auch gäbe es hier immer noch keinen *Strom*, so dass immer wieder Lebensmittel verdarben.

Und die *Schule* sei nur in einem Blätter gedeckten Unterstand unter gebracht.

Genau, wie es uns vorher schon geschildert worden war.

Ich fragte zurück, mit wie vielen Helfer wir denn wohl rechnen könnten. Sie meinte, dass vielleicht 20 bis 30 junge Männer bereit wären zu helfen. Das sollte sich aber als eine gründliche Fehleinschätzung heraus stellen. Denn es meldete sich auf unseren Aufruf nämlich niemand. Also musste ich mir etwas einfallen lassen.

4.0 Essen für alle

Da kam mir ein glorreicher Gedanke. Ich ging also wieder zu der Dorfältesten, die sich mit dem Namen *Akofa* vorgestellt hatte. Das bedeutet so viel wie *die mit dem frohen Herzen*. Und eine Frohnatur schien sie auch wirklich zu sein. Ob das aber ihr Vor- oder Nachname war blieb vorerst offen.

Ich fragte also Akofa ob hier alle gut mit Essen versorgt seien, dabei rümpfte sie nur die Nase und erklärte mir etwas umständlich, dass die Wenigsten wirklich kochen würden. Darauf fragte ich sie, ob ich hier eine provisorische Küche aufbauen dürfte, damit alle Helfer zu Essen bekommen könnten. Dem stimmte sie freudig zu. Nun war unser Container gefragt, der inzwischen auch eingetroffen war.

Ich schlug vor, zuerst hier eine Art Feldküche aufzustellen. Kochgerät hatte ich noch im letzten Moment eingepackt. In unserem großen Zelt entstand nun eine kleine Feld-Küche. Zwar hatten wir keinen Koch mit gebracht, aber da würde sich sicher bald eine Lösung finden. Zuerst übernahm ich mal das Kommando. Schließlich hatte ich zu Hause auch immer selbst gekocht.

Ich überlegte aber sofort, was denn hier angebaut wird. Das wäre sicher sehr interessant zu verwenden. Ein Gang durch den etwas verwilderten Garten des Dorfes gab Aufschluss. Es gab eine Menge Gemüse, dass ich von zu Hause auch schon kannte. Und Kartoffeln fand ich auch. Nun fragte ich die Dorfälteste, ob ich etwas ernten dürfte. Sie gab mir die Erlaubnis alles zu ernten, was ich gebrauchen könnte. Nach einer guten Stunde begann es dann auch schon aus unserem Zelt zu duften, das zog natürlich viele an. Vorweg kamen die Kinder, die sicher lange kein richtiges Essen mehr bekommen hatten.

Nach knapp zwei Stunden war mein Essen fertig. Zu dem Gemüse und den

Kartoffeln hatte ich noch ein paar Dosen mit Frikadellen aufgemacht. Natürlich musste ich die erneut anbraten, damit sie wieder richtig knusprig wurden und dufteten.

Auch ein paar sogenannte Biertische und Bänke, wie bei uns auf Straßenfesten gebräuchlich, hatte ich in letzter Minute noch in den Container gepackt. Schnell waren die aufgestellt. Schatten fanden wir unter dem großen Baum in der Mitte des Dorfes.

Und dann bat ich Akofa, ihren Leuten zu erklären, dass es heute von uns ein kostenloses Essen gäbe. Zuerst kamen nur die Kinder, die hatten keine Scheu. So langsam gesellten sich dann die Mütter dazu, angeblich um nach ihren Kindern zu schauen. Aber auch ein paar Männer trauten sich aus der Deckung.

Ich bat nun Akofa beim Essen ein paar Worte zu sagen. Wir würden gerne jeden Tag ein Essen kochen wollen. Aber es sollte hauptsächlich für die Helfer bestimmt sein, damit sie bei Kräften blieben, ließ ich sie sagen.

Nun ergäbe sich aber noch ein Problem. Denn das Kochen sei eigentlich gar nicht unsere Aufgabe. Ob sich vielleicht dazu ein paar Frauen finden würden? Darauf meldeten sich schon mal 3 junge Frauen. Als sie am Ende fragte, ob jemand gegen kostenloses Essen bereit wäre mit zu arbeiten meldeten sich immerhin gleich 8 Burschen. Nun war ich sicher, dass wir mit unserem Essen noch viel mehr gewinnen könnten. Aber zuerst galt es nun, die Feldküche richtig zu besetzen. Das nahm Akofa selbst in die Hand, wie ich schon eingangs vermutet hatte. Ich erkannte sofort, dass sie sicher eine gute Köchin zu sein schien.

Während wir unsere Planung machten, wie hier vor zu gehen war, hatte die Küche schon richtig Dampf aufgenommen. Jedenfalls gab es jeden Tag ein Essen für alle. Das war schon mal eine tolle Sache.

Auch Akofa war bald richtig stolz auf ihre Leistung. Als wir uns eine gute Übersicht verschafft hatten, legten wir nun auch mit unseren Projekten los.

5.0 Die Wasserversorgung

Die Wasserversorgung schien mir wirklich hier am wichtigsten zu sein, damit endlich die vielen Durchfallerkrankungen eingedämmt werden konnten. Denn ich war sicher, es lag am unsauberen Wasser, das alle ungefiltert aus dem fast ausgetrockneten Bach tranken. Eigentlich war die Quelle nicht weit. Aber die Menschen des ersten Dorfes an diesem Bach hatten nun mal die Angewohnheit, hinter sich ein Chaos zu hinterlassen. Das heißt, sie warfen allen Unrat hinter sich ins Wasser, was die Qualität für alle Nachnutzer ganz bedeutend verschlechterte.

Ich stellte nun eine Liste auf, was wir alles brauchen würden. Angeblich gäbe es in der nächsten Stadt einen Baustoffhandel, oder was man hier darunter verstand. Dort fuhr ich mit unserem Jeep hin. Auch um zu sehen, wo wir hier Treibstoff bekommen konnten. Tatsächlich gab es hier auch eine Tankstelle, denn die vielen Mopeds mussten ja irgendwie versorgt werden.

Beim Baustoffhändler angekommen verschaffte ich mir erst mal einen Überblick, was es denn so alles gab. Dann orderte ich ein paar Sack Zement, - es waren die letzten - eine Menge Bretter und eine Rolle Draht. Damit hatte ich aber den Baustoffhändler beinahe leer gekauft. Egal, er war froh ein Geschäft gemacht zu haben. Und ich war froh, alles was ich zuerst mal brauchte, bekommen zu haben. Der Baustoffhändler verfügte sogar über einen kleinen LKW und bot mir die Lieferung frei Haus an. Das war gut, denn wir hatten ja noch keinen Anhänger. Ich orderte gleich noch einen Flaschenzug und ein paar starke Bohlen, sowie noch ein paar Sack Zement. Er versprach mir, danach zu schauen. Aber Zement würde er sicher sobald nicht wieder bekommen, der sei nämlich echte Mangelware.

6.0 Der Medizinmann

Dann begannen wir unsere Baustelle. Doch wo sollten wir nach Wasser suchen? Das war so aus dem Stegreif nicht zu entscheiden. Vom Wünschelruten gehen hatte ich zwar in Deutschland schon oft gehört, selbst hatte ich davon aber keine Ahnung. Also wandte ich mich wieder an Akofa und fragte sie um Rat. Sie meinte, dass hier am Dorfende einen alten Mann wohne, der sich selbst als Medizinmann ausgeben würde. Den sollte ich mal fragen. Sicher würde er sich freuen, wenn er merke, dass er gebraucht wird.

Gesagt getan.

Der alte Mann entpuppte sich bald als ein sehr lebhafter Geselle. Gerne würde er für mich ermitteln, wo mit Sicherheit Wasser zu finden sei. Gleich am nächsten Morgen sah ich ihn, seine Vorbereitungen zu treffen. Dazu schritt er immer wider das Gelände ab, wobei er vorher an mehreren Stellen Kräuter hingelegt und angezündet hatte. Erst dann marschierte er mit einer selbst gemachten Wünschelrute ein paar mal kreuz und quer über das Gelände. So gegen 11 Uhr kam er dann zu mir und meinte, dass er mir nun sagen könne, wo Wasser zu finden sei. Ich markierte diese Stellen mit einem Holzpflock. Dort begannen wir am nächsten Morgen mit der Arbeit.

7.0 Der Brunnenbau

Ich entschied mich für den Flog direkt in Dorfmitte nahe dem großen Wildfeigenbaum.

Zuerst den Bewuchs entfernen. Dann in einem Kreis von etwa 1,2 Meter Durchmesser eine doppelte Schalung aus Brettern erstellen. Den Zwischenraum von etwa 15 cm füllten wir mit frisch angemachtem Beton. Dann war es aber auch schon Abend, wobei der hier sehr schnell, fast mit der untergehenden Sonne, eintritt. Ich ließ die Schalung mit Reisig überdecken, das benässt wurde. Alle zerbrachen sich den Kopf, wozu das wohl gut sein sollte.

Erst als ich selbst am nächste Morgen in den Kreis stieg und mit Hacke und Schaufel begann die Erde heraus zu werfen, ahnten einige, dass nun wohl die eigentlich Arbeit beginnen würde. Bald gab ich dem am nächsten stehenden jungen Mann nun die Schaufel und bat ihn weiter zu arbeiten.

Bis zum Abend hatten wir zwar schon etwa 150 cm tief ausgehoben, aber von Wasser noch keine Spur. Das hatte ich auch nicht anders erwartet. Die Dorfbewohner aber scheinbar schon, denn sie waren bisher recht enttäuscht. Dafür sackte aber der inzwischen ausgeschalte Beton-Ring langsam durch sein eigenes Gewicht herunter. Nun musste eine neue Schalung angesetzt werden, um den Betonring zu erhöhen. Kurz vor Feierabend betonierten wir auch den wieder aus, ich deckte ihn zu und machte ihn wieder nass. Dieses Spielchen wiederholte sich praktisch jeden Tag, aber ohne jeden Erfolg. Denn von Wasser bisher immer noch keine Spur. Mich beunruhigte das aber noch gar nicht. Denn der alte Medizinmann hatte gesagt, dass Wasser aber erst in 5 bis 6 Metern Tiefe zu erwarten sei.

So langsam wurden aber meine Helfer müde. Wäre da nicht das kostenlose Essen jeden Tag, wären sie mir schon längst alle weg gelaufen. Ich führte sogar noch Zwischenmahlzeiten ein, wobei die Küchenfrauen frisch gebackenen Kuchen dazu beisteuerten. Das kam ganz besonders gut an. Es gab sogar ein paar Schlitzohren, die sich nur zu den Mahlzeiten einstellten. Die hatte ich aber bald aus sortiert.

Wichtig war nun, durch zu halten. Inzwischen war aber der Boden so fest, dass wir den Betonring gar nicht weiter herunter treiben brauchten. Das war gut, denn bald wäre unser Zement alle. Deshalb ließ ich außen nun noch eine Art Flansch an betonieren, damit der Betonring nicht mehr tiefer nach unten rutschen konnte.

Mir war aufgefallen, dass der Medizinmann oft heimlich unsere Baustelle besuchte, um sich ein Bild zu machen. Mir sagte er aber nichts. Ich sah das aber als Bestätigung an, dass unsere Arbeit zumindest bisher nicht falsch war. Ich bestellte nun den Medizinmann noch einmal ganz offiziell auf unsere Baustelle, damit alle aus seinem Mund erfahren sollten, dass unsere Arbeit hier nicht vergebens sei. Danach ging es wieder flotter, obwohl die Arbeit nun ja schwerer geworden war. Schließlich musste der Aushub jetzt immerhin einige Meter in die Höhe transportiert werden. Aber dazu hatte ich den Flaschenzug gekauft. Als der endlich eintraf, stellten wir ihn auf. Der erleichterte uns nun wesentlich die schwere Arbeit.

Tatsächlich, nach gut 5 Metern wurde die Erde feucht, aber von Wasser immer noch keine Spur. Am nächsten Tag kam dann tatsächlich schon etwas Wasser aus den Wänden. Mir war aber klar, dass wir wohl durch diese feste Sandsteinschicht ganz durch müssten, ehe Wasser ausreichend käme. Erst nach 6 Metern füllte sich am Abend dann tatsächlich die Grube mit Wasser. Wie zufällig stellte sich der alte Medizinmann ein. Auch er war nun froh.

Nun erhöhte ich oben nur noch den Betonring auf ca. 90 cm über dem Boden, damit niemand hinein fallen konnte. Wobei ich die obere Kante ganz fein abziehen ließ, damit sich daran niemand verletzen konnte. Als Abdeckung zimmerte ich eine Platte aus Bohlen, die inzwischen auch eingetroffen waren.

Mit der Hand konnte man nun schon täglich frisches Wasser schöpfen. Jetzt war nur noch eine Untersuchung einer Wasserprobe notwendig, ehe ich den Brunnen frei geben konnte. Tatsächlich, unser Wasser war zwar noch etwas trübe, aber von der Qualität sogar ganz einwandfreies Trinkwasser. Anfangs schöpften wir das Wasser mit Eimern, das war sehr mühsam. Deshalb fuhr ich zum Baumarkt und wurde tatsächlich fündig. Der Händler hatte in einer Ecke ganz versteckt eine alte Handpumpe stehen. Die kaufte ich ihm ab. Zwar war die Dichtung nicht einwandfrei, dafür gab er sie mir aber billiger. Von einem alten Lederschuh schnitt ich eine neue Dichtung und baute sie ein. Es funktionierte.

Ständig konnte man nun die Buben beobachten, wie sie an der Pumpe Wasser pumpten, um sich zu bespritzen. Das musste Akofa ihnen aber verbieten, denn Wasser war hier immer noch ein wahrer Schatz und Mangelware.

Andere Dörfer kamen nun in Scharen und bestaunten unsere Pumpe. Sie ließen sich aber auch sagen, wie viel Schweiß dies Anlage gekostet hatte. Dabei wurde natürlich stark übertrieben!

Wenn sich heraus stellen sollte, dass genug Wasser nach laufen würde, könnte man sogar daran denken in alle Häuser Leitungen zu legen und mit einer Pumpe eine zentrale Versorgung zu ermöglichen.

Aber das war noch Zukunftsmusik, die

äußerte ich nur gegenüber Akofa und dem Medizinmann. Leider konnte der mir aber auch nicht sagen, wie beständig und wie viel Wasser unser Brunnen auf die Dauer liefern würde. Das war auch ganz abhängig von den Niederschlägen. Und die blieben immer öfter hier aus. Meine Hoffnung bestand darin, dass ja der Bach nicht weit war und unser Brunnen von dort Wasser beziehen könnte. Also blieb erst mal alles so wie es jetzt war, ohne zentrale Versorgung.

Nach 3 Wochen zeigte sich, dass unser Brunnen beständig genügend Wasser führte und ich entschloss mich, die zentrale Wasserversorgung an zu gehen. Ich fuhr also wieder zum Baumarkt und orderte eine Menge 3/4 "-Rohre. Dazu eine Menge Wasserhähne. Die hatte er zwar nicht in genügender Zahl da, er versprach mir aber so schnell wie möglich nach zu liefern. Er würde sie mir sogar selbst vorbei bringen.

Aha, er wollte wohl sehen, was wir dort gebastelt hatten!

Nun war es Zeit kleine Gräben zu jedem Haus auszuheben, um die Leitung zu verlegen. Dabei war der Schlosser wieder ganz in seinem Element. Zwar gehörte das nicht direkt zu seinem Beruf, er hatte aber auf seinem Grundstück zu Hause auch schon eine Wasserleitung mit Erfolg verlegt. Am Ende hatte nun jedes Haus an einer Stelle in der Küche einen Anschluss. Nachdem das erste Haus installiert war, es war das Haus von Akofa, hatte ich auch die Tauchpumpe im Brunnen installiert. Es war ein feierlicher Moment, als aus dem Hahn bei Akofa das erste Wasser aus dem Hahn lief. Der Druck war zwar minimal, aber es reichte um die Familie zu versorgen. Nun stand das ganze Dorf Schlange vor ihrem Haus, um die Sensation selbst zu sehen. Sogar aus den Nachbardörfern waren wieder einige Leute gekommen. Jetzt konnten wir weiter machen und alle Häuser nacheinander auch anschließen. Problematisch war nur die Tauchpumpe, sie war einfach zu schwach, um das ganze Dorf zu beschicken. Es blieb mir nichts anders übrig, als eine stärkere Pumpe zu besorgen und einzubauen.

8.0 Die Stromversorgung

Nun ging es an die nächste Aufgabe. Inzwischen waren die in Deutschland bestellten Solarpaneele und das notwendige Installationsmaterial dazu, wie Kabel und Schaltkästen, angekommen. Lange hatte ich schon darauf gewartet. Die Panele stellten wir einfach auf die Erde und stützten sie mit den Bohlen ab. Zum Glück hatte unser Schlosser etwas Ahnung und konnte die Anlage installieren. Er hatte nämlich zu Hause selbst auf seinem Hausdach eine Anlage erst kurz vor der Abreise erfolgreich installiert.

Es dauerte nur ein paar Tage, bis die erste Glühbirne zu leuchten begann. Ich hatte bewusst wieder zuerst Akofas Haus angeschlossen.

Es war ein sehr feierlicher Moment, als die erste Glühbirne begann zu leuchten! Wieder pilgerten alle zu Akofas Haus, um das zu bestaunen. Nachdem wir genügend Installationsmaterial bekommen hatten, konnte tatsächlich in jedes Haus eine Leitung gelegt werden.

Ich hatte aber gleich zu Beginn alle davor gewarnt. Strom sei ein Teufelszeug, man könne es nicht sehen, aber sich daran stark verletzten. Was aber nicht zu vermeiden war, dass in den Wohnungen Unfälle passierten. Immer wieder bekam jemand einen Stromstoß, weil er meinte die blanke Leitung anfassen zu müssen. Jedenfalls wurde niemand ernsthaft verletzt. Nur den notwendigen Respekt vor dem Strom bekamen mit der Zeit alle. Alle hatten sich nun daran gewöhnt und es trat Ruhe ein. Besonders schützen mussten wir die Solarpaneele, weil die Kinder es gewohnt waren überall herum zu klettern.

9.00 Der Küchenbau

Nun war eigentlich ein größeres Projekt an der Reihe: Die Schule.

Aber inzwischen kristallisierte sich heraus, dass eine Zentralküche viel wichtiger war. Die Schüler hatten sich schon lange daran gewöhnt, nur unter einem Laubdach unterrichtet zu werden. Auch der Lehrer sah ein, dass eine richtige Küche viel wichtiger war. Er war inzwischen bei seinen Schülern längst sehr beliebt. Nur hatte er von Anfang an Probleme mit der Verständigung. Dafür hatten wir, Gott sei Dank, aber den Dolmetscher, der sich inzwischen gut auf uns eingestellt hatte.

Zum Bau der Küche brauchten wir natürlich eine Menge Material. Das war aber nicht auf Anhieb verfügbar, obwohl ich schon lange im Voraus alles Notwendige bestellt hatte. Erst Wochen später konnten wir damit beginnen.

Zum Glück aber war wenigstens die Helferschar nicht geschrumpft, sondern eher noch wesentlich gewachsen. Denn es hatte sich auch in Nachbardörfern herum gesprochen, dass es bei uns kostenloses Essen geben würde. Ich nutzte die Situation, um so viel Arbeitskräfte wie möglich in bestimmte Arbeitsprozesse zu integrieren. So lernten ich viele Arbeitskräfte an, die sich hinterher als Spezialisten ausgaben und sich "selbstständig" machten. Damit konnten sie dann in ihrem Dorf alleine weiter werkeln.

Dann endlich konnte wir mit dem Bau der Küche beginnen. Weil aber der Zement hier sehr knapp und teuer war, musste ich mich mit örtlichen Mitteln behelfen. Beim Studium der alten Hütten war mir aufgefallen, dass sie meistens aus Holz und Lehm bestanden.

Also, warum sollten wir nicht auch mit Lehm bauen? Schnell hatte ich heraus gefunden, wo es den Lehm gab. Ich ordnete an, dass eine Gruppe Helfer aus Lehm Backsteine formen und zum

Trocknen in die Sonne legen sollte. Sicher könnten wir die irgendwann gebrauchen. Aber viel wichtiger war, dass ich die Leute beschäftigte, die inzwischen täglich mehr wurden.

Eine andere Gruppe schickte ich in den Wald, um etwa 15 bis 20 cm dicke Baumstämme zu fällen. Dann begann ich den Bau. Ich schnitt die Stämme so zu, dass sie ein Geschoss hoch plus 60 cm Fundament lang waren. Zuerst wurden die Pfosten im Abstand von 80 cm einbetoniert. Dann die Bodenplatte betoniert, so viel Zement hatte ich gerade noch ergattert. Die Querriegel baute ich alle 80 cm ein. Vorher ließ ich sie auf der Ober- und Unterseite mit einer etwa 3-4 cm breiten und tiefen Nut versehen. So entstanden etwa gleichmäßig große Felder. Nur das oberste Feld machte ich nur 50 cm hoch. Dies sollte offen bleiben und später die Belüftung des Raumes werden, das wir dann mit einem Fliegengitter versehen würden. Im Türbereich war der Querriegel natürlich bei 190 cm. Eine Gruppe durfte nun Holzstecken bearbeiten. Sie mussten zuerst auf die richtige Länge geschnitten werden und dann an beiden Enden leicht angespitzt werden. Dann konnte man sie in die Felder senkrecht einbauen. Natürlich ging das nicht ganz reibungslos. Die ersten Holzstecken waren prompt zu kurz geschnitten, weil sie die Nut nicht berücksichtigt hatten. So ließen sie sich nicht befestigen. Also mussten neue gemacht werden. Aber durch Fehler lernt man bekanntlich. Eine andere Gruppe konnte sich nun schon dabei machen, die Felder mit einem Lehm-Stroh-Gemisch auszufüllen. Nun sah unser Gebilde beinahe aus wie ein Haus. Am Ende musste alles mit einem Lehmputz überzogen werden. Aber das hatte noch Zeit.

Die Dachdeckung bestand hier in der Regel nur aus Palmblättern. Das wäre aber für eine Küche nicht sauber genug gewesen. Deshalb entschied ich mich für die primitive Blech-Wellplatte, die es hier überall schon gab. Es dauerte nicht lange und wir konnten mit unseren Küchengeräten aus dem Zelt hier einziehen.

Inzwischen hatte mich ein altes Leiden eingeholt. Meine linke Hüfte schmerzte jeden Abend so sehr, dass ich eine Schmerztablette nehmen musste. Dann waren die aber alle, was nun?

Ich ging zum Medizinmann und klagte ihm mein Leid. Der wusste sofort Rat. Er braute mir eine spezielle Tinktur, von der ich morgens *nur 5 Tropfen* nehmen sollte. Sie wirkten Wunder! War wohl `ne Menge Betäubungsmittel drin aus irgend einer geheimen Pflanze!

10.0 Der Schulbau

Als nächstes Objekt wurde nun tatsächlich die Schule in angriff genommen. Die Konstruktion war allen Beteiligten nun ja schon von der Küche her bekannt. Deshalb ging manches auch schon ohne meine Anleitung.

Doch dann war bereits ein Jahr vergangen und damit unsere Zeit hier um. Wir wurden von einer anderen Gruppe abgelöst. Der Abschied war sehr emotional. Akofa nahm mich in den Arm und hatte sogar Tränen in den Augen. Der Medizinmann gab mir einen selbst gebastelten Talisman mit. Den sollte ich immer aktivieren, wenn es mir nicht so gut ginge. Damit reisten wir ab. Das Jahr hatte mich ganz schön geschlaucht, denn ich war ja schließlich nicht mehr der Jüngste.

11.0 Mein altes Leiden

Die Hüfte bedurfte nun unbedingt einer Behandlung. Der Orthopäde aber meinte, dass ich jetzt um eine OP nicht mehr herum käme.

Ich erklärte mich einverstanden.

Schon in vier Wochen war mein Termin. Alles verlief planmäßig. Eigentlich kann man die Prothese einzementieren, dann kann man bereits am nächsten Tag voll belasten. Bei mir wurde aber nicht zementiert, sondern die Prothese musste einwachsen. Das dauert dann aber ein paar Wochen. Der Vorteil sei, dass bei einer Reparatur die alte Prothese ohne den Knochen zu beschädigen ausgetauscht werden könnte. Na ja daran wollte ich ja noch nicht denken!

Vier Wochen später wurde ich mit einer neuen Hüfte entlassen. Aber mir wurde empfohlen, die Reha gleich anzuschließen. Denn zu Hause wäre ich ja ganz alleine und das ständig mit zwei Krücken. Ich ließ mich in eine nahe gelegene Reha einweisen und wurde auch mit einem Krankenwagen gleich dort hin gebracht.

Die Heilung machte rasante Fortschritte, so dass ich die Schmerztabletten bereits nach ein paar Tagen halbieren konnte. Ich bekam einen sehr guten Therapeuten, der mich jeden Tag durch walkte. Der gab mir viele wichtige Tipps, wie ich mich zu verhalten hätte, um eine schnelle Heilung zu begünstigen. Auf jeden Fall sollte ich immer noch konsequent beide Krücken benutzen. Viel Bewegung wäre zwar gut, aber nie überfordern, war seine Devise.

Doch schon beim ersten Frühstück bekam ich ein Problem, denn man musste sich an einem Buffet selbst bedienen. Das war zwar jeden Tag frisch und lecker, aber für mich unerreichbar. Denn ich durfte ja noch nicht ohne die beiden Krücken gehen. Doch schon war eine junge Schwester da, die mir half meinen Teller zu belegen und an den

Tisch zu tragen. Das ging 3 Tage gut. Am 4.Tag aber war keine Schwester da. Sie hatte mich heute wohl vergessen oder sie hatte heute eine wichtigere Aufgabe. Sicher war am Morgen auch immer besonders viel los. Nach einer Weile des Wartens humpelte ich ans Buffet, nahm mir einen Teller und legte mir ein paar Scheiben Brot darauf.

Doch wie nun weiter? Mit Krücken und Teller ging es einfach nicht. Ich sah in dem Moment wohl etwas hilflos aus. In dem Moment stand eine junge Patientin neben mir und sah wohl mein Problem. Ob sie mir helfen könne, fragte sie mich. Gerne nahm ich ihre Hilfe an. Sie nahm mir den Teller ab und fragte, was ich denn wünsche. Ich sagte etwas Butter, Wurst und Käse. Damit und mit ihrem Teller ging sie nun an einen freien Tisch. Morgens gab es nämlich keine feste Sitzordnung. Jeder setzte sich, wo gerade Platz war. Als ich zu essen beginnen wollte fiel mir ein, dass ich morgens am liebsten immer erst ein Naturjoghurt aß. Als ich das äußerte sprang die junge Frau auf und holte mir eines und sogar eine Portion Marmelade dazu. Nun war das Frühstück beinahe so komplett wie zu Hause. Schnell hatten wir gefrühstückt, ohne viel zu reden und dann musste auch schon jeder zu seinem ersten Termin hasten. Am nächsten Morgen wartete die freundliche Nachbarin von gestern schon auf mich. Jetzt stellte sie sich vor mit dem Namen Slatka. Natürlich holte sie mir wieder einen belegten Teller. Genau in dem Moment kam die Schwester von Vorgestern, sah dass ich schon Hilfe hatte und drehte ab mit den Worten: Nun brauchen Sie mich ja nicht mehr!

Jeden Morgen war Slatka zur Stelle, wenn ich Hilfe brauchte. Mit der Zeit konnte ich aber notfalls auch schon nur mit einer Krücke Essen holen. Inzwischen trafen wir uns auch in der Freizeit, um ein wenig miteinander zu plaudern. Mir war aufgefallen, dass sie eine recht harte Aussprache hatte. Sie schien aus irgend einem osteuropäischen Land zu kommen. Näheres erfuhr ich aber nicht.

So vergingen die Tage in der Reha wie im Flug. Unsere Behandlung hier ging fast zur gleichen Zeit zu Ende und wir wurden als geheilt entlassen.

12.0 Slatka

Slatka war eine interessante und recht attraktive Erscheinung. Mich wunderte es, dass sie nie Besuch in der Reha bekam. Ich hatte zwar gesehen, dass sie gelegentlich einen Ehering an der rechten Hand trug, aber darauf konnte ich mir keinen Reim machen.

Auch hätte mich interessiert, warum eigentlich Slatka hier in der Reha war. Aber sie wollte einfach nicht darüber reden. Darauf drehte ich den Spieß um und erzählte ihr, warum ich hier sei. Erst danach kam sie langsam mit der Sprache heraus. Bei ihr war es das linke Knie gewesen, das nicht mehr so richtig mit wollte. Der Orthopäde hatte einen Meniskusriss diagnostiziert. Eigentlich kein so großes Problem, dafür aber doch recht schmerzhaft. Das konnte mit einer OP schnell behoben werden. Danach wurde auch ihr eine Reha angeboten. Sie nahm das Angebot zwar an, ging aber nach der OP zuerst nach Hause.

Nach ein paar Wochen trat sie nun die Reha hier an. Dadurch war sie zumindest mir gegenüber wesentlich fitter.

Warum sie die Pause eingelegt hatte verriet sie mir aber nicht. Egal, sie wollte darüber aber einfach nicht sprechen. Also ließ ich sie in Ruhe. Vielleicht ergäbe sich später eine Gelegenheit mehr zu erfahren.

Bevor wir abreisten hatten wir natürlich unsere Adressen ausgetauscht. Sie wohnte auch in Berlin und zwar gar nicht so weit von mir entfernt. Vielleicht würden wir uns mal über den Weg laufen.

13.0 Nach der Reha

Schon mehrfach hatte ich überlegt, Slatka anzurufen, hatte es aber immer wieder verschoben. Ich wusste einfach keinen triftigen Grund.

Eines Tages, es waren gerade Sommerferien, traf ich Slatka zufällig in der Stadt. Es war Samstag, wir hatten Zeit und so blieben wir stehen und machten ein kleines Schwätzchen. Wir standen zufällig genau vor einem kleinen Cafe und ich fragte sie spontan, ob ich sie zu einem Kaffee einladen dürfte. Gerne nahm sie an und so entwickelte sich schnell ein reges Gespräch. Sie war sehr zurückhaltend. Von sich erzählte sie aber leider immer noch nicht viel, obwohl ich ein paar Mal versucht hatte persönliche Fragen zu stellen. Aufgefallen war mir inzwischen aber, das sie an der rechten Hand keinen Ehering mehr trug. In der Reha hatte sie einen getragen. Ob sie verheiratet war? Wir verabredeten uns danach zu weiteren

Treffs in diesem Cafe, zu denen sie auch immer sehr pünktlich erschien.

Nach einiger Zeit wollte ich sie zum Essen einladen. Sie nahm zwar an, drehte aber die Einladung um. Gerne würde sie für uns ein typisches Gericht kochen. Wir verabredeten uns für den nächsten Samstag und sie gab mir ihre Adresse.

Neugierig suchte ich die Straße auf der Karte und fand sie in der vornehmsten Wohngegend. Sollte ich mich verhört haben? Vorsichtshalber setzte ich mich ins Auto und fuhr die Gegend ab. Die Nummer 13, die sie mir genannt hatte, prangte an einem riesigen neuen Bungalow mit einem großen Wirtschaftshof dahinter. Nun besorgte ich mir ein kleines Geschenk; einen Blumenstrauß würde ich am Anfang der Straße im Blumenladen kurz vor unserer Verabredung kaufen.

Zu der verabredeten Zeit stellte ich mich ein. Immer glaubte ich noch, ich hätte mich sicherlich in der Adresse geirrt. Dann würde ich sie einfach anrufen und erneut nach der richtigen Adresse fragen. Ich klingelte und tatsächlich öffnete Slatka die Türe!

Sie begrüßte mich wie einen alten Bekannten mit Küsschen links und rechts auf die Wange. Anscheinend sollten das wohl die Nachbar sehen, denn die standen wie zufällig in ihrem Vorgarten.

Es wurde wirklich ein gelungener und lockerer Abend, wobei ich mich aber trotzdem recht zurück hielt, denn ich wollte keineswegs mit der Türe ins Haus fallen. Jedenfalls getraute ich mich aber im Laufe des Abends zu fragen, ob sie verheiratet seit. Darauf erklärte sie mir, dass sie schon seit 2 Jahren Witwe sei. Den Ring würde sie nur tragen, um sich allzu stürmische Bewerber vom Halse zu halten. Also war mein Verhalten absolut angebracht gewesen. Danach taute sie etwas auf, wir verabredeten uns nun öfter und trafen uns auch immer bei ihr zu Hause. Im Laufe der Zeit gelang es mir dann doch, etwas mehr über sie zu erfahren. Eigentlich sei sie gebürtige Ukrainerin. Geboren in Odessa, aufgewachsen aber in einem kleinen Ort in der Nähe von Odessa. Ihr Vater hatte in einem Baustoff-Betrieb gearbeitet, wo er lange Zeit ständig mit Asbest zu tun hatte. Damals wusste kaum Jemand, wie gefährlich Asbest ist, zumindest wurde nicht darüber informiert. Mit 45 Jahren wurde er krank. Angefangen hatte es mit Atemnot. Bald spuckte er Blut und musste ständig husten. Es folgte Fieber, Schwitzen und Gewichtsverlust. Er war nur noch Haut und Knochen! Er starb elendig, ohne dass ihm jemand die genaue Ursache gesagt oder geholfen hatte. Das war eben damals so in der UdSSR, deshalb gab es auch keine Entschädigung. Ihre Mutter starb auch bald darauf, Slatka meinte aus Gram und Frust. Slatka war aber nicht alleine, denn sie hatte noch einen älteren Bruder. Doch der war ihr gar keine Hilfe. Als der erfuhr, dass die Eltern etwas Geld für ein kleines Häuschen gespart hatten meinte er, er könne das Geld gewinnbringend anlegen. So verschwand er mit allem Geld. Ein Jahr später bekam sie die Mitteilung, dass ihr Bruder in einem Straflager gestorben sei, weil er mit Rauschgift erwischt worden war. Das war also seine Geldanlage gewesen.

Somit war auch diese Stütze weg.

14.0 Slatkas Studium

Slatka hatte gerade das Abitur gemacht. Nun hieß es sich zu entscheiden, wie es weiter gehen sollte. Sie entschloss sich, nach Polen zu gehen, um zu studieren. Doch die politischen Verhältnisse in Polen sagten ihr nicht zu. Deshalb zog sie weiter nach Deutschland, um in Berlin Jura zu studieren. Sie lebte anfangs in einer WG, um Geld zu sparen, denn das Leben in Berlin war nicht gerade billig. Dann hatte sie erfahren, das sie berechtigt sei, ein Stipendium zu beantragen. Am Ende stellte sich heraus, dass ihr auf Grund ihrer sehr guten Noten sogar ein höheres Stipendium gewährt wurde, das sie nicht zurück zu zahlen brauchte. Das betrug zwar nur 350 €, aber wenn man sparsam wirtschaftete reichte es. Nach einiger Zeit und einem kleinen Nebenverdienst als Dolmetscher für Russisch konnte sie sich sogar eine eigene kleine Dachgeschosswohnung leisten.

Unter Abiturientinnen und Abiturenten war das Jura-Studium gerade sehr beliebt. In Deutschland gab es 2016 über 114.000 Jura-Studenten. Das Fach Jura zählte damit wohl zu den meist gewählten Studienfächern. Sie entschloss sich sogar für einen klassischen Studiengang, um Volljuristin zu werden. Das bedeutete aber 4 Semester Grundstudium und 6 Semester Hauptstudium, plus Praktika. Sie wählte auch ein Schwerpunktfach, um sich zu spezialisieren. Sie meinte, dass es zu viele Menschen auf der Welt gäbe, denen man helfen müsse.

15.0 Slatkas überraschende Heirat

Den ersten Urlaub nach ihrem Examen verbrachte sie in Italien, wie zu der Zeit fast alle Deutschen. In Venedig lernte sie dann ihren Mann Gregor Tymoschenkow kennen. Er war gebürtiger Russe und so hatten sie beinahe die gleichen Wurzeln.

Es wurde für sie der beste Urlaub, den sie bisher erlebt hatte. Sie fühlte sich beinahe wie in den Flitterwochen. Jedenfalls fragte er sie am Ende, ob sie ihn heiraten wolle. Zwar hatte sie eigentlich vor, beruflich jetzt so richtig durch zu starten. Aber die Versuchung war doch zu groß und so sagte sie zu.

Er gab sich aus als Weinhändler, der in Deutschland Geschäfte machte mit guten italienischen und französischen Weinen. Schließlich, dachte sie, konnte man in so einem Betrieb auch einen Juristen gut gebrauchen und dann würde sie einspringen. Das Geschäft ging scheinbar so gut, so dass er das Anwesen mit der alten Villa kaufen konnte. Bald ließ er die alte Villa abreißen und einen großen modernen Bungalow an ihrer Stelle bauen. Den Wirtschaftsbereich erhielt er aber. Dazu gehörte auch noch ein kühler, natürlicher Felsenkeller direkt hinter dem Wirtschaftsgebäude. Der war absolut ideal für die Lagerung seiner guten Weine. Der Weinhandel florierte, denn auf dem gemeinsamen Konto ging eine Menge Geld ein. Jeden Abend ging Gregor in sein Büro, um abzurechnen. Anfangs nahm er sie mit und informierte sie über die wichtigsten Vorgänge. Doch bald ging er nur noch alleine ins Büro. Ja, er schloss sich manchmal sogar ein, um nicht gestört zu werden.

Komisch, seine Frau hat er nie so richtig in seine Geschäfte einbezogen. Im Gegenteil, für seine rechtlichen Probleme hielt er sich sogar extra einen Rechtsanwalt, obwohl sie ihm auch gerne geholfen hätte. Aber er wehrte jedes Mal ab mit der Begründung, dass er sich mit anderen Weinhändlern zu einer Art Genossenschaft zusammen geschlossen habe, die einen gemeinsamen Rechtsanwalt hatte, der sich in der Materie besonders gut aus kenne. Damit war sie ganz außen vor!

16.0 Ihr erster gemeinsamer Urlaub

Für ihren ersten gemeinsamen Urlaub schlug er vor, nach Indonesien zu fliegen. Als sie zu sagte, erklärte er, dass er bereits auf Bali ein ganz besonders gutes Hotel gebucht hätte, das ihm Geschäftspartner empfohlen hatten. Ihr war das natürlich recht, denn Indonesien kannte sie nur von der Landkarte. Das Hotel, es hieß **Bali Riksama Boutique Beach Resort** in der Nähe von Denpasar wurde im Reiseführer als eines der besten aber auch teuersten Hotels angepriesen.

Sie wurden dort sehr freundlich begrüßt und bekamen wohl die beste Suite, mit Blick direkt aufs Meer. Komisch, der Urlaub verlief aber doch etwas eigenartig. Überall wurden sie freundlich begrüßt. Fast schien es ihr so, als wenn man sie bereits kennen würde. Besonders bemühte sich um sie die Hotelbesitzerin. Vielleicht war sie auch nur die Verwalterin.

Als Slatka eines Tages zufällig ein Gespräch zwischen der Verwalterin Intan
und ihrem Mann Gregor in Bruch-
stücken mit bekam wurde sie doch
misstrauisch. Es schien sehr persönlich
zu sein. Aber durch die Musik, die
überall und in allen Gebäuden leise im
Hintergrund zu hören war, verstand sie
den Inhalt des Gespräches nicht. Als sie
ihren Mann darauf später ansprach
meinte der nur, dass es um dieses Hotel
gegangen sei, das bereits ihm gehöre.
Damit war die Angelegenheit für ihn
zwar erledigt, aber für Slatka taten sich
viele Fragezeichen auf.

Ein Jahr später meinte er überraschend,
dass er wieder nach Bali müsse, um sich
dort mit Geschäftsfreunden in Ubud zu
treffen. Da sie aber gerade einen Kurs
in Qigong machte und keine Übung
verpassen wollte, konnte sie natürlich
nicht mit fliegen. Offensichtlich war das
aber ihrem Mann gerade Recht. So
musste er wenigstens keine Ausrede

erfinden. Hinterher fand sie in seinem Anzug einen Prospekt, den sie voriges Jahr in ihrem Hotel auch gesehen hatte. Das konnte natürlich Zufall sein. Als sie ihn darauf an sprach, wich er aber geschickt ihren Fragen aus.

17.0 Ein mysteriöser Unfall

Oft war ihr Mann unterwegs in Italien und in Frankreich, um selbst die Weine vor Ort zu verkosten und zu kaufen, während zu Hause ein Verwalter die Arbeit weiter führte. Bei einer dieser Fahrten vor zwei Jahren kam er nicht mehr zurück. stattdessen bekam sie nach einiger Zeit eine gefüllte Urne und einen Karton mit seinen persönlichen Gegenständen überbracht.

Im Totenschein stand:

Tod durch selbst verursachten Unfall infolge Alkohol, ohne Fremdverschulden.

Das war alles, was ihr geblieben war. Angeblich hatte ein italienischer Staatsanwalt angeordnet, den total verbrannten Leichnam einzuäschern, weil man der Witwe den Anblick ersparen wollte. Das wäre sicher in Deutschland unmöglich, ja sogar ungesetzlich gewesen. Aber in Italien geht anscheinend alles.

Angeblich gab es keinerlei Zeugen. Passiert sei es mitten in der Nacht auf einer einsamen Landstraße nahe Rom. Sie zerbrach sich zuerst den Kopf darüber, was er denn wohl in Rom wollte. Dort hatte er eigentlich gar keine Geschäftspartner.

Immer wieder wurde ihr von verschiedenen Leuten quasi durch die Blume gesagt, dass da nicht alles mit rechten Dingen zugegangen sei. Ja, es war sogar von Mafia die Rede, die ihre Finger bei dem Unfall im Spiel gehabt haben soll. Was sie aber alles nicht glauben wollte. Aber hatte sie ihren Mann wirklich gut gekannt?!

18.0 Das Leben geht weiter

Wie sollte nun aber das Weingeschäft weiter gehen? Gut war es, dass wenigstens der Verwalter gut informiert war. So wickelte er ab jetzt alle Geschäfte ab, ohne dass sie sich darum groß kümmern musste. Er fuhr auch, genau so wie früher ihr Mann gelegentlich nach Italien und Frankreich, um Weine einzukaufen. Und auch die Verkaufszahlen gingen nicht zurück, was sie beruhigte.

Regelmäßig kam er Samstags zu ihr mit seinem eigenen Schlüsseln ins Haus, um Bericht zu erstatten. Anschließend ging er ins Büro ihres Mannes. Zu dem Büro hatte nicht einmal Slatka einen Schlüssel. Dort hielt er sich meistens etwa eine halbe Stunde auf. Dazu schloss er sich aber auch immer ein, so dass sie nicht wusste, was er in der Zeit dort wirklich tat. Durch die Türe hatte sie aber mit bekommen, dass er jedes Mal am PC etwas eingetippt hatte. Auch auf ihre Fragen ging er nicht ein. Er behandelte sie genau wie seiner Zeit ihr Mann. Was er nicht Preis geben wollte, dazu sagte er ihr einfach nichts. Das beunruhigte sie ganz stark. Eines Tages versuchte er sogar, ihr näher zu kommen. Aber sie wehrte ihn ganz entschieden ab. Weil er ihr absolut unsympathisch war, hatte er keine Chance.

19.0 Erinnerung an DDR-Zeiten

Beunruhigend war aber etwas ganz anderes. Slatka war eine gute Hausfrau und machte die Putzarbeit innerhalb ihres Hauses ausschließlich selbst. Dabei fiel ihr auf, dass hinterher manchmal fremde Fußspuren auf dem frisch geputzten Marmorboden zu sehen waren. Sie achtete künftig darauf, ob die Spuren vom Verwalter waren, denn der kam ja an jedem Samstag mit eigenem Schlüssel ins Haus. Aber seine Fußabdrücke sahen ganz anders aus und waren viel größer. Woher sollten wohl diese fremden Fußabdrücke stammen??

Als mir das Slatka erzählte erinnerte es mich an meine Zeit in Ostberlin. Als ich eines Tages nach Hause kam stellte ich fest, dass jemand in meiner Wohnung gewesen sein musste, denn ich sah fremde Fußabdrücke im frisch geputzten Flur. Das veranlasste mich, die Wohnung kritisch und genau zu untersuchen. Über der Toilette gab es ein Verlies, das ich aber noch nie betreten hatte. Dort waren wohl vom Vormieter vor langer Zeit alte Weckgläser abgestellt worden. Irgendwie hatte ich jetzt das Gefühl, ich müsste dort einmal nachschauen. Der Boden war dick mit altem Staub bedeckt, in dem sich ganz deutlich frische Fußabdrücke abzeichneten. Es waren die gleichen, wie ich sie schon am Eingang erkannt hatte. Bei genauer Betrachtung stellte ich fest, dass in einem Weckglas frischer Urin stand. Von mir waren weder die Fußabdrücke noch der Urin. Hier musste sich wohl während meiner Anwesenheit jemand vor mir versteckt haben.

Mich erschauderte es bei diesem Anblick! Viele Gedanken schossen mir durch den Kopf. Natürlich fiel mir sofort der Besuch des Stasi-Mannes auf meiner Baustelle vor ein paar Tagen ein. Deshalb wurde mir sofort klar, dass ich damit wohl nicht zur Polizei gehen konnte. Denn es lag die Vermutung nahe, dass es auch hier Spuren der Staatssicherheit sein könnten. Und deshalb würde auch niemand Interesse daran haben, den Fall aufzuklären. Schnell wurde mir klar, dass ich mir selbst helfen müsste. Noch am selben Tag zog ich los, um mir ein neues noch sicheres Türschloss zu besorgen. Das war gar nicht so einfach, denn solche Dinge waren in der DDR zu der Zeit einfach Mangelware. Aber durch Beziehungen bekam ich sofort ein neues Schloss, das ich noch am selben Abend einbaute. Außerdem nahm ich mir vor, meinen Hausschlüssel künftig immer bei mir zu tragen. Denn ich hatte den leisen Verdacht, dass ein Kollege in der Bauleitung von meinem Schlüssel einen Abdruck gemacht hatte. Mir war aufgefallen, dass alle Kollegen ihm mit Misstrauen begegneten, ohne dass aber mir gegenüber jemand etwas Genaueres äußerte. Jeden Tag, wenn ich von der

Arbeit nach Hause kam schaute ich nun zuerst dort oben nach, ob sich etwas verändert hatte. Natürlich hatte ich den Zugang präpariert, so dass ich sofort hätte erkennen können, ob jemand den Boden betreten hatte. Noch wichtiger erschien es mir, den Zugang zur Wohnung besser zu sichern. Dazu besorgte ich mir einen ganz dünnen dunkleren Faden, den ich im Flur hinter der Zugangstüre spannte. Der war so dünn, dass man ihn mit bloßem Auge fast nicht sah. Der würde zerrissen werden, wenn ein Fremder die Eingangstüre öffnen würde. Zum Glück konnte ich feststellen, dass der Faden aber nie mehr beschädigt wurde. Also konnte ich davon ausgehen, dass ich meinen heimlichen Besucher wohl endgültig ausgesperrt hatte.

20.0 Ein fremder Fußabdruck

Eines Tages erzählte mir Slatka nun die Geschichte mit den fremden Fußabdrücken in ihrem Haus. Auch mich beunruhigte das, aber auf Anhieb wusste ich auch keinen Rat. Ich gab ihr aber zu verstehen, dass ich mir das Problem mal durch den Kopf gehen lassen wolle. Bei unserem nächsten Treffen wollten wir wieder darüber sprechen. Sie solle bis dahin die Augen offen halten.

Als wir uns wieder sahen erzählte sie mir, dass sie am Sonntag, als sie aufstand, wieder diese eigenartigen Fußabdrücke beobachtet hatte! Also musste sie wohl in der Nacht von Samstag auf Sonntag Besuch bekommen haben. Obwohl sie die ganze Zeit zu Hause gewesen war, hatte sie nichts Verdächtiges bemerkt. Bei dem Gedanken musste sie sich schütteln vor Angst. Nun fragte sie mich, was ich von einer Selbstanzeige hielte.

Im Grund fand ich diese Idee gut, denn

sie hatte ja nichts zu verlieren. Aber ich traute hier auch den Behörden nicht. Wussten wir doch nicht, ob auch die Polizei in unseren Fall verwickelt sein könnte.

Da kam mir eine Idee. In Leipzig kannte ich von früher einen hohen Polizeibeamten. Den wollte ich fragen, was für uns die richtige Lösung sei. Ich ging davon aus, dass er in unserer Sache hier in Berlin nicht involviert sein könnte. Noch am selben Tag rief ich ihn an und bat ihn um ein persönliches Gespräch. Er wollte zwar gleich wissen, worum es ginge. Aber ich wehrte ab, ich wolle eigentlich nur einen guten Rat in einer recht delikaten Angelegenheit. Außerdem wollte ich am Telefon auf keinen Fall darüber reden. Wusste ich doch nicht, ob womöglich unser Telefon abgehört werden würde.

Zwei Tage später fuhr ich nach Feierabend nach Leipzig und suchte den Bekannte zu Hause auf. Schnell kamen wir auf den Punkt und ich schilderte ihm die Situation von Slatka. Darauf lehnte er sich zurück und überlegte. Zuerst fragte er zurück, warum wir damit nicht einfach in Berlin zur Polizei gegangen seien. Er verstand aber meine Bedenken, dass natürlich in Berlin Behörden auch involviert sein könnten. Darauf versprach er mir, uns zu helfen. Er würde von hier aus versuchen ungewöhnliche Maßnahmen einzuleiten, ohne die Kollegen in Berlin weder informieren zu müssen noch sie zu verärgern oder zu verunsichern, indem er einfach behauptete, dass man hier in Leipzig durch eine Razzia auf den Fall gestoßen sei. Das klang sogar plausibel. Dazu würde er in den nächsten Tagen einen Spezialisten vorbei schicken, der als Handwerker getarnt sei. Sicher würde bei uns die Heizung nicht funktionieren. Das dürften dann auch die Nachbarn zu wissen bekommen, was manchmal recht hilfreich ist. Ganz normal fuhr am nächsten Tag auch schon ein Handwerker in einem Lieferwagen mit Aufschrift aus der Umgebung von Berlin vor und machte sich an die Arbeit. Wie üblich standen die Nachbarn wieder im Vorgarten und beobachteten uns. Ich erklärte ihnen das Malheur mit unserer Heizung und sie meinten, dass sie das auch kennen würden.

Der vermeintliche Handwerker sah sich zuerst ganz genau unsere Situation an. Er ging aber nicht an den PC, denn der könnte ja gesichert sein. Außerdem unterzog er Slatka einem rechten Verhör, aber darauf hatte ich sie schon vorher vorbereitet. Danach meinte er, dass er nun mit all den Fakten zu seinem Chef müsste, der würde dann entscheiden, was getan werden sollte. Dazu übergab er mir ein speziell abhörsicheres Handy, das wir benutzen sollten, wenn wir mit seiner Behörde etwas zu besprechen hätten. Auf dem würde uns auch sein Chef anrufen. Wir sollten es also immer in Reichweite haben, oder wenigstens gelegentlich kontrollieren. Als er weg war fragten natürlich die Nachbarn erneut, ob bei uns nun alle Probleme behoben seien. Ich antwortete ihnen, dass nächste Woche noch einmal mehrere Leute kommen müssten, um einige undichte Leitungen auszutauschen. Damit waren auch die wieder zufrieden gestellt.

Ich dachte dabei, an was man in so einem Falle doch so alles bedenken muss!!

21.0 Der Computer

Nach ein paar Tagen bekamen wir dann einen Anruf, auf dem abhörsicheren Handy. Der Chef teilte uns mit, dass er vorschlagen würde ein paar IT-Spezialisten zu schicken, die versuchen sollten den PC zu knacken. Sie würden sich als Klempner verkleiden und jede Menge Rohre "austauschen". Am besten wäre es wohl, wenn sie gleich am nächsten Montag anfangen würden, falls es länger dauern sollte.

Wir waren einverstanden.

Also würden am nächsten Montag die Handwerker erneut vor der Türe stehen. Das passte gut, denn der Verwalter hatte vor wie immer, an diesem Wochenende wieder nach Italien zu fahren, um Weine einzukaufen. Wir sollten aber sofort melden, wenn der Verwalter doch frühzeitig auftauchen sollte.

Abgemacht!

Die Männer arbeiteten in zwei Gruppen. Die einen taten so, als würden sie die defekten Heizungsrohre austauschen. Dazu hatten sie im Hof eine provisorische Werkstatt aufgebaut, wo sie ständig mit Rohren hantierten. Zwei andere IT-Spezialisten gingen daran, die Kameras außer Betrieb zu nehmen, damit niemand verfolgen konnte, was sie dort taten. Dazu würde man einfach ein Standbild einstellen. Es war aber ganz wichtig, dass die Uhrzeit dabei normal weiter laufen musste. Das hatten sie an anderen Objekten schon mehrfach geübt, so dass es jetzt beinahe Routine war. Es klappte auch reibungslos. Zuerst musste nun der Zugangscode zum PC gefunden werden. Das war nicht gerade einfach. Dazu dienten aber die Hinweise von Slatka. Nach dem was sie den Männern hatte sagen können, käme ihr Name, und das Kennenlern-Datum und -Ort in Betracht. Eventuell aber auch alles in umgekehrter Reihenfolge, denn ihr Mann liebte es Namen einfach rückwärts zu lesen. Unter dem

Druck, dass sie nur 3 Versuche hatten, war Gründlichkeit geboten. Einer der IT-Leute hatte aber ganz neu heraus gefunden, dass es eine Möglichkeit gab, mehrere Versuche zu machen, ohne den PC ganz zu sperren. Nun legten sie los.

Zuerst musste der Name gefunden werden. Mit ***gregortymoschenkow*** alleine klappte es schon mal nicht.

Da meinte Slatka, die die ganze Zeit dabei sein musste, dass Ihr Mann ihren Namen irgendwie mit eingebunden haben könnte. Darauf probierte der Techniker eine neue Kombination: ***S.gregortymoschenkow@com.de***

Und siehe da, der Name wurde nicht abgelehnt, was bedeuten könnte, dass er stimmt.

Nun ging es um das Passwort, das war wesentlich schwieriger. Man könnte einfach den Computer suchen lassen, aber das würde zu lange dauern. Und so viel Zeit hatten sie jetzt nicht. Also müsste man versuchen, bestimmte

Kombinationen zu probieren. Nach den Informationen von Slatka könnte nicht nur ihr Name, sondern auch ihr Kennenlernen eine Rolle spielen. Das war 1991 in Florenz.

1.Versuch mit: *slatka91florenz*
Falsch!

2.Versuch: *slatka 91 flor*
Falsch!

3. Versuch: *rolf19aktals*
Falsch!

4.Versuch: *znerolf19aktals*
Falsch!

Jetzt kam Slatka und meinte, dass ihr Mann sie anfangs immer Slatinka genannt hatte.

Darauf wurde damit ein neuer Versuch gestartet.

5. Versuch: *19znerolf aknitals*
Tatsächlich, das war der richtige Zugang. Nun konnten fast alle Dateien eingesehen werden. Dabei stellte sich aber heraus, dass es mehrere ganz verschiedene Dateien gab. Die eine

betraf den Weinhandel. Das Konto deckte sich auch tatsächlich mit dem, was ihr der Verwalter bisher immer präsentiert hatte. Da waren z.Z. rund 1,5 Millionen € drauf. Dann gab es aber noch eine weitere Datei, von der Slatka aber bisher noch nie etwas erfahren hatte. Auf diesem 2. Konto waren z.Z. über 5.000.000 €. Auch die Summen, die darauf regelmäßig bewegt wurden waren viel höher, meist zwischen 800.000 und 1 Million. Das konnte nur mit Drogen zu tun haben, erklärte uns der IT-Mann. Dann gab es noch eine dritte Datei, die aber nicht geöffnet werden konnte. Hier musste man mit einem speziellen Programm einen Suchlauf starten, der aber länger, vielleicht sogar Tage dauern könnte. Aber dazu hatte man jetzt keine Zeit.

Daraufhin machte man von allen Dokumenten Kopien. Eine Umleitung war leider nicht möglich, weil ihr Mann das ausdrücklich ausgeschlossen hatte. Und

das war nicht zu umgehen, sonst wäre
es entweder aufgefallen oder es wäre
vielleicht sogar der Zugang ganz ge-
sperrt worden. Dieses Risiko wollte
man aber nicht eingehen. Mit diesem
Ergebnis war die Truppe ganz zufrieden
und sie bauten ihre *Klempnergeräte*
wieder ab und fuhren damit und mit
allen Datei-Kopien nach Leipzig zurück.

22.0 Hausdurchsuchung

Schon am nächsten Tag meldete sich mein Bekannter aus Leipzig auf dem abhörsicheren Telefon. Er meinte, dass nun das BKA die Sache in die Hand genommen hätte. Es sei beschlossen worden ganz schnell zu handeln. Deshalb würde schon morgen eine ganze Truppe anrücken, um Slatkas ganzes Anwesen offiziell zu durchsuchen. Pünktlich standen sie am nächsten Morgen da *mit großem Besteck.* Natürlich erweckte das wieder die Neugier nicht nur der unmittelbaren Nachbarn. Bald stand eine ganze Menschenmenge vor unserem Haus und stellte eine Menge Fragen. Für uns war es ratsam, uns nicht sehen zu lassen, um den Fragen aus dem Wege zu gehen.

Am wichtigsten bei der Durchsuchung war natürlich das Büro mit allen Akten und dem PC. Dabei wurde bestätigt, dass es drei Konten gab. Eines ganz legal für den Weinhandel, ein zweites mit hohen Umsätzen wohl für den Drogenhandel und ein 3. Konto, das aber ohne ein spezielles Passwort nicht zu öffnen ging.

Aber auch im Labor des Weinkellers gab es interessante Entdeckungen. Spürhunde fanden dort nicht nur Spuren von Rauschgift, sondern auch eine ganze Lieferung im Wert von schätzungsweise 800.000 €! Als der Verwalter ahnungslos am übernächsten Tag von seiner Reise wieder zurück kam, wurde er sofort verhaftet.

Natürlich verging eine ganze Zeit, ehe Anklage erhoben wurde, denn es mussten ja vorher genügend Beweise gesammelt und sicher gestellt werden.

23.0 Spurenauswertung

Nun ging es an die Geräteauswertung. Diese Arbeit musste ganz schnell erfolgen, damit Beteiligte nicht vorher fliehen oder Beweise beseitigen konnten. In einer Nachtschicht waren alle Ordner des PC ausgewertet. Bereits am nächsten Tag schon wurden die verdächtigen Personen fest genommen.

Auch die Schuhabdrücke wurden ausgewertet, denn schließlich hatte es in der Wohnung doch die fremden Fußabdrücke gegeben. Da die Verhafteten längst nicht mehr die Schuhe trugen, wurde ein ganz spezielles Computerprogramm verwendet. Das bezog alle Daten ein, die sich auf den Träger bezogen, also wie Gewicht, abweichende Aufritte, Gewichtsverlagerungen, ungewöhnliche Gehgewohnheiten und so weiter. Auch da gab es keinen Treffer. In Verdacht geriet zwar anfangs eine ganz unscheinbare Person, die man sonst sicher nicht verdächtigt hätte. Es

war ein Clan-Mitglied, das zuständig
war für die Sicherheit. Der konnte aber
nachweisen, dass er immer zu der frag-
lichen Zeit an anderen Orten gewesen
war. Also blieb diese Frage unbeant-
wortet.

Ein weiteres Problem war das 3. Konto.
Dazu musste man ein Computer-Such-
programm durch laufen lassen. Nach
etwa 24 Stunden lag das Ergebnis vor.
Es handelte sich um ein Konto einer
Bank auf den Bahamas, an das eigentlich nur Gregor Zugriff hatte. Anscheinend waren dort fast regelmäßig nach
jeder Lieferung ca. 10 % des Erlöses
abgezweigt worden. Da aber die Ein-
zahlung immer bar und nicht per
Überweisung erfolgt war, konnte man
keine Zusammenhänge nachweisen.

Das war vermutlich auch der Grund,
warum Gregor umgebracht worden war.
Vermutlich wollte man von ihm den
Kontozugang wissen. Nachdem er ihn
nicht verraten hatte wurde er wohl

gefoltert, was er aber nicht überlebte. Danach hat man ihn in sein Fahrzeug gesetzt, es angezündet und so den Abhang herunter gestürzt. Dazu passte auch der anonyme Anruf, den Slatka kurz nach dem Tode von Gregor aus Italien erhalten hatte. Da war von Folter und Tod die Rede gewesen.

24.0 Der Verwalter

Eine ganz besondere Stellung bei der Prozess-Vorbereitung hatte der Verwalter. Schnell hatte er wohl erkannt, dass er nur glimpflich davon kommen konnte, wenn er als Kronzeuge auftreten würde. Tatsächlich wurden durch seine Informationen einige Drogenbosse fest genommen. Man ging sogar davon aus, dass das Syndikat völlig zerschlagen sein könnte. Da er selbst glaubwürdig nachweisen konnte, dass er ja nur der Verwalter gewesen war und keinerlei Nutzen daraus gezogen hatte, bekam er auch nur eine verhältnismäßig geringe Strafe. Die wurde dann auch noch zur Bewährung ausgesetzt. Außerdem forderte er eine neue Identität, weil er befürchten musste, dass Angehörige der Verurteilten ihm nach dem Leben trachten könnten.

Auch die bekam er. Dafür hatte das BKA ihn einige Zeit gut unter Kontrolle. Nachweislich hatte er mit Drogengeschäften künftig nichts mehr zu tun, denn nach einiger Zeit zog er nach Argentinien, wo er eine abgewirtschaftete Kaffee-Plantage kaufte und mit Erfolg Kaffee anbaute.

Daraufhin verlor auch das BKA Interesse an ihm und er entzog sich der weiteren Kontrolle.

25.0 Gefährliche Anschläge

Die folgende Zeit war für Slatka und mich sehr strapaziös. Denn immer wieder wurden Anschläge auf ihr Anwesen verübt. Zuerst wurde im Weinlager Feuer gelegt. Es wurde durch die installierten Brandmelder aber sehr schnell entdeckt. Und weil die Anlage zur Polizei und Feuerwehr aufgeschaltet war, konnte der Brand auch schnell gelöscht werden. Es wurde auch bald der Schuldige gefunden, denn eigentlich musste daran ein Beschäftigter mindestens mit beteiligt gewesen sein.

Als nächste Aktion wurde ein Molotow-Cocktail durchs Fenster des Lagers geworfen. Auch der Brand wurde schnell gelöscht. Verbrannt waren nur ein paar Holzpaletten. Der oder die Täter wurden nicht ermittelt.

Einige Zeit später wurde aus einem vorbei fahrenden Auto ein Molotow-Cocktail auf das Wohnhaus geworfen. Da wir zu dem Zeitpunkt zu Hause waren konnte auch dieser Brand schnell gelöscht werden. Der Schaden hielt sich in Grenzen. Verraucht war nur der Eingangsbereich, der ohnehin bald neu gestrichen werden sollte. Auch der oder die Täter wurden nie ermittelt.

Gerade so ging es weiter. Immer im Abstand von etwa 4 Wochen passierte etwas. Das nächste war, dass unsere Stromversorgung unterbrochen wurde. Da hatte ich aber schon vorgesorgt. Im Lagerhaus hatte ich ein Notstromaggregat aufstellen lassen, das bei Stromausfall sofort an sprang. Und im Keller hatte ich eine Batterie installiert, damit die Alarmanlage nicht abgeschaltet werden konnte. Das war ganz wichtig für unsere eigene Sicherheit. Nahe gelegt hatte dies uns ein Techniker des BKA. Wir waren gespannt, was nun wohl als nächstes passieren würde.

26.0 Der Prozess

Doch dann fand endlich der Prozess statt. Vorher wurde Slatka aber nach Leipzig zum BKA, Abt. Kriminalitätsbekämpfung, bestellt. Slatka hatte Angst, es könnte für sie dramatisch werden. Ich hatte aber im Vorfeld von meinem Bekannten erfahren, dass das Verfahren gegen Slatka ohne Auflagen eingestellt werden würde.

Natürlich fuhr ich sie nach Leipzig, um sie moralisch zu unterstützen. Es lief ab, wie es mir schon im Vorfeld gesagt worden war. Slatka war damit aus allem raus, schon deswegen, weil sie ja eine Selbstanzeige gemacht hatte und außerdem aus den krummen Geschäften ihres Mannes keinen eigenen Nutzen gezogen hatte. Gegen den Weinhandel bestanden keine Einwände, so dass sie über das Geld des 1. Kontos mit 1,5 Millionen € weiterhin frei verfügen konnte.

Gegen alle Beteiligten am Rauschgifthandel, die auf unserem Computer erkannt und vom Verwalter benannt worden waren, wurde Anklage erhoben. Gegen alle identifizierten, auch den Hintermännern, wurden verschieden lange Haftstrafen ausgesprochen.

Natürlich wurde das Drogenkonto mit über 5 Mill. € beschlagnahmt. Das war zwar schade, aber das Geld gehörte ohnehin nicht Slatka.

Nachdem nun alle am Rauschgiftgeschäft Beteiligten verurteilt worden waren, kehrte endlich auch bei uns Ruhe ein. Jetzt konnten wir einigermaßen sicher sein, dass es für uns keine Bedrohung mehr gäbe. Auch die Nachbarschaft beruhigte sich. Es fragte jetzt auch niemand mehr nach, denn es gab nun auch keine Heimlichkeiten oder Neuigkeiten mehr.

Denn offiziell und für alle sichtbar, war ja auch Slatka überrascht worden. Genau so stellten wir es auch dar, wenn wir von Nachbarn oder Freunden gefragt wurden. Alle hatten die ganze

Aktion genau beobachtet und verfolgt, ohne natürlich zu wissen, worum es hier eigentlich ganz genau ging. Durchgesickert war nur, dass Gregor wohl mit den falschen Leuten Geschäfte gemacht hatte.

27.0 Hotel auf Bali

Nach einiger Zeit klingelte bei Slatka das Telefon. Am anderen Ende war Intan, die indonesische Hotelverwalterin auf Bali. Sie meinte dass sie ganz große Probleme hätte. Ein Orkan hätte einige Gebäude stark beschädigt, nun regnet es hinein. Das müsste umgehend repariert werden. Die Reparatur sei zwar kein Problem, aber woher das Geld dafür nehmen. Rücklagen gäbe es kaum.

Als mir das Slatka erzählte, war ich total überrascht. Eigentlich lief doch das Hotel ausgezeichnet. Da stimmte etwas nicht! Da wir ohnehin beschlossen hatten, nach dem Trubel jetzt irgendwo Urlaub zu machen, bot es sich an nach Bali zu fliegen.

Wir wurden sehr freundlich empfangen und aufgenommen. Natürlich bekamen wir wieder den Bungalow, den Slatka schon einmal bewohnt hatte. Nun interessierte mich, der Zustand der Gebäude.

Intan hatte Recht, einige waren so stark vom Sturm beschädigt, so dass sie jetzt unbewohnbar waren. Das hat in dieser Gegend den Nachteil, dass sofort andere Bewohner einziehen, und zwar in Form von Ungeziefer. Manchmal nisten sich in unbewohnten Häusern sogar Marder, Waschbären oder andere Großtiere ein. Haben sie sich erst mal richtig fest gesetzt, sind sie sehr schwer wieder zu vertreiben. Doch so weit war es hier zum Glück noch nicht.

Nachdem wir richtig ausgeschlafen hatten bat ich Intan, ihr Problem zu erläutern. Dazu holte sie alle Unterlagen, die Gregor in ihrem Tresor deponiert hatte und legte sie auf den Tisch. Wir brauchten einen ganzen Tag, um überall durch zu blicken. Am Ende stand fest, dass der Besitzer dieses Hotel zwar nicht auf Gregor, sondern auf Slatka Tymoschenkow eingetragen war. Aber Gregor hatte verfügt, dass von jeder Einnahme

90 % auf das Weinkonto abgeführt werden mussten. Das bedeutete, dass das Geld im Hotel tatsächlich äußerst knapp war, ja es reichte gerade, um die wichtigsten Kosten zu decken. Das war eine echte Katastrophe! Mit der Erkenntnis gingen wir an diesem Abend zurück in unsere Wohnung. Am nächsten Morgen beim Frühstück sprach ich das Thema dann erneut an. Ohne Slatkas Meinung zu hören schlug ich vor, das Hotel auf Intan zu übertragen, schließlich konnten wir damit doch nichts anfangen. Slatka atmete richtig erleichtert auf, denn diesen Vorschlag wollte sie mir auch gerade machen, wusste aber nicht, wie ich darauf reagieren würde. Also waren wir uns sofort einig. Wir würden das Intan nachher mitteilen.

Intan reagierte sehr überrascht, denn damit hatte sie nun absolut nicht gerechnet. Wir mussten sie richtig überreden. Aber dann ging sie darauf ein, nachdem sie keine versteckten Klauseln feststellen konnte. Sie versprach uns, ab jetzt gut zu wirtschaften, damit bald alle Schulden wieder abgezahlt wären. Das müsste bei der Lage und Ausstattung dieses Anwesens eigentlich kein Problem sein. Wir waren sicher, dass Intan das schaffen würde.

28.0 Neue Überraschung

Auch sie hatte nun noch eine Überraschung für uns. Denn sie hatte noch einen weiteren verschlossenen Umschlag gefunden, der nur von Slatka geöffnet werden sollte. In diesen Akten war das Wohnhaus neben dem Hotel aufgeführt. Auch dieses Anwesen war von Gregor auf Slatka überschrieben worden. Er hatte wohl schon lange Bedenken gehabt, dass seine Machenschaften auffliegen und das Drogenkartell alle Mittel abziehen und die Immobilien konfiszieren könnten. Damit wäre sein ganzer Besitz verloren gewesen.

Damit ergab sich nun aber eine ganz neue Situation. Wir gaben Intan zu verstehen, dass wir das nun erst einmal verdauen müssten und ein paar Tage ausspannen wollten. Denn schließlich waren wir hierher gekommen, um Urlaub zu machen. Wir hatten in letzter Zeit zu Hause genug Aufregung gehabt.

Das sah Intan ein und bot uns an, dass ihr Fahrer Nyomen uns ein wenig in der Umgebung herum fahren könnte, damit wir auf andere Gedanken kämen. So gelangten wir auf verschiedene Märkte, wo wir auch mit vielen Einheimischen Kontakt bekamen. Das war besonders für Slatka interessant, denn bisher war sie aus dem Hotel praktisch noch gar nicht heraus gekommen. Und zu den Einheimischen fehlte ihr nicht nur der Kontakt, sondern besonders das Vertrauen. Mit der Zeit machte es uns richtig Spaß, das Leben und Treiben der Menschen ein wenig zu verstehen. Ich merkte, dass Slatka sich auch daran gewöhnen könnte und so machte ich ihr einen ungewöhnlichen Vorschlag:

Wie wäre es, wenn wir in Deutschland unsere Zelte abbrechen und mindestens für eine Weile nach Bali ziehen würden. Ihr Haus wollte sie doch ohnehin irgendwann verkaufen. Und unsere Sachen könnten wir doch so lange in meinem kleinen Haus in Berlin unter bringen? Slatka überlegte kurz, lächelte und gab zu verstehen, dass sie bereits auch solche Überlegungen angestellte hatte.

Das traf sich gut!

Wir könnte ja einfach in das Nachbarhaus einziehen, dass auf den Namen Slatka eingetragen war. Würde uns das Haus aber überhaupt gefallen? Bisher hatte wir es nur von außen und im Vorbeigehen betrachtet. Deshalb machten wir mit Intan nun zuerst einen Besichtigungstermin aus. Wir nahmen uns aber vor, nichts überstürzt zu tun. Schließlich war es auch noch gar nicht klar, ob wir sofort das Haus beziehen könnten. Da wohnte bis jetzt nämlich der Buchhalter. Vor allem wollten wir das Haus einmal genau von innen sehen. Schon am nächsten Tag orga- nisierte Intan eine Hausbesichtigung. Normalerweise geht es in Indonesien alles ein wenig langsamer, deshalb war ich richtig überrascht. Aber ich hatte schon lange gemerkt, dass Intan viel von ihren vorwiegend deutschen Besuchern und ihrem deutschen Chef gelernt hatte. Da stand Pünktlichkeit offensichtlich ganz vorne!

Also wir gingen hinüber und liefen zuerst einmal um das Haus herum. Von außen machte alles schon einen sehr guten Eindruck. Das war hauptsächlich dem Gärtner Ketut zu verdanken, der im Gartenhaus ständig wohnte. Er war bei Intan gestrandet, nachdem alle seine Familienangehörigen beim Tsunami auf Medan umgekommen waren. Sie hatte sich seiner angenommen und ihn zu ihrem Gärtner in die Lehre geschickt. Er hatte so viel gelernt, dass sie ihn bald auf dem Nachbargrundstück ein festes Zuhause gab.

Als wir ins Haus kamen, waren wir total überrascht. Es war zwar nicht sehr groß, aber dafür sehr modern und geschmackvoll eingerichtet. Das hatte Gregor von einem bekannten Architekten für sich so einrichten lassen. Zwar wohnte im Moment hier der Buchhalter, aber das war fast nicht zu spüren. Ganz nebenbei erzählte uns Intan so im Gehen, dass der Buchhalter erwäge bei ihr zu kündigen, weil er unbedingt zu seinen Kindern ziehen wolle, die schon lange darauf warteten. Damit stand sogar einem baldigen Umzug hierher fast nichts mehr im Wege.

Für den nächsten Tag schlug Intan uns einen Ausflug vor. Ihr Fahrer Nyomen würde uns ein Stückchen der wunderbaren Insel zeigen. Der Fahrer war ein netter junger Mann hier aus der Gegend. Er arbeitete schon lange für Intan und weil er so zuverlässig war - was hier nicht unbedingt selbstverständlich ist - hatte sie ihn schon vor einiger Zeit als ihren persönlichen Fahrer eingestellt. Weil er angeblich eine Autoschlosserlehre gemacht hatte, verstand er viel von Kraftfahrzeugen. So nebenbei erfuhren wir aber, dass er seine Lehre abgebrochen hatte. Trotzdem hatte er aber viel von Kraftfahrzeugen gelernt. Intan machte ihn nach einiger Zeit sogar für den ganzen Fuhrpark des Hotel verantwortlich.

Mit ihm verabredeten wir dann für die nächsten Tage einen Ausflug. Zwei Tage später meinte Nyomen, dass er nun für uns Zeit hätte. Wir könnten morgen einen kleinen Ausflug machen. Er bat uns aber recht früh weg zu fahren, weil es im Laufe des Tages im Inland immer sehr warm werden würde.

Wir standen heute schon recht früh auf. Intan hatte uns einen Trick verraten, wie wir sofort zu unserem Frühstück kommen konnten. Wenn wir aufstehen, sollten wir sofort unsere Eingangstüre öffnen und offen stehen lassen. Dann würde das Personal sehen, das wir auf sind und sicher bald frühstücken möchten. Es klappte wie vorher gesagt. Schon um halb sieben war unser Tisch im Garten gedeckt und die Bedienung stand mit der Kaffeekanne da. Kurz bevor wir fertig waren stand auch schon Nyomen neben uns. Es lief heute alles, fast wie durch Geisterhand gesteuert, ohne dass wir irgend ein Kommando mit bekamen. Und dabei machten alle schon so früh ganz freundliche Gesichter. Das war wunderbar. Scheinbar sind alle Indonesier Frühaufsteher.

Dann ging es los. Wir nahmen den offenen Jeep, das war bei der Wärme am angenehmsten. Der erste Teil der Strecke war sehr holperig, ob den wohl alle Gäste fahren mussten? Als ich den Fahrer danach fragte, grinste er nur. Nach einer Weile meinte er, dass dies nur sein Schleichweg sei, den nimmt er, um abzukürzen. Denn auf der südliche Hälfte von Bali führen viele Täler und damit auch die Straßen in Nord-Süd-Richtung. Dazwischen liegen meist recht hohe unbefahrbare Berge und tiefe Täler. Übergänge von einem zum anderen Tal sind daher nur an wenigen Stellen möglich. Und die kannte unser Fahrer natürlich ganz genau. Außerdem wusste er auch, wann diese Täler nach Regen wegen Hochwasser unpassierbar waren.

Nach etwa einer Stunde waren wir in Ubud. Dies sei das kulturelle und auch das künstlerische Zentrum von Bali, meinte er. Sehenswert ist hier unbedingt der Königliche Palast **Puri Saran**, den man auch teilweise betreten darf. Hier finden täglich auch Abend füllende Veranstaltungen statt mit Gamelan-Musik, Tanz und Theatervorführungen. Natürlich gibt es auch viel Museen zu besichtigen. Vor allem empfahl er uns das Museum **von *Antonio Blanco, dem Dali von Bali!*** Auch den täglichen Basar sollte man unbedingt besuchen.

Für uns reichte es gerade zu einem Stadtbummel, um eine Gesamtübersicht zu bekommen und zum Besuch des Königspalastes. Am Abend besuchten

wir dort dann noch eine Theatervor-
stellung, von der wir aber hauptsächlich
nur die laute Gamelan-Musik mit bekamen, denn der Text war altindonesisch.
Richtig von Kultur gesättigt fuhr uns
Nyomen dann am Abend wieder zurück
nach Hause ins Hotel.

Nach ein paar Tagen war unser 4-
wöchiger Urlaub auch zu Ende. Mit
Intan verabredeten wir, dass wir noch in
diesem Jahr umziehen würden, denn wir
hatten uns inzwischen in Bali beinahe
verliebt.

Voller neuer Eindrücke flogen wir dann
wieder nach Berlin zurück.

29.0 Zelte abbrechen

In Berlin empfing uns wieder der Alltag. Sofort machten wir uns aber daran, unser Anwesen zu veräußern. Das gestaltete sich leichter, als gedacht, denn schon lange hatte ein guter Bekannter Slatka gefragt, ob sie nicht verkaufen wolle. Den sprach sie nun an und der war auch sofort zur Stelle. Ansehen musste er kaum etwas, denn er kannte sich schon recht gut aus. Zur Abwicklung bestellte Slatka aber ihren Rechtsanwalt dazu, der zuvor einen Gutachter eingeschaltet hatte, um das Anwesen zu schätzen. Es ergab sich insgesamt für Wohnhaus, Lagerge- bäude, Getränke-Keller und riesigem Park eine 7-stellige Summe! Aber damit hatte ihr Bekannter offensichtlich schon gerechnet, denn er war nicht besonders überrascht. Und so einigte man sich schnell auf den Verkauf. Auch der Umzug wurde schon fest gelegt. Er sollte noch vor Jahreswechsel statt finden. Der neue Besitzer wollte unbedingt schon Silvester in neuer Umgebung feiern.

Für unsere Möbel, die wir ja nicht mit nehmen wollten war auch schon eine Lösung gefunden. Denn in meinem Haus standen noch ein paar Zimmer leer, die nun mit Leben erfüllt werden konnten. Auch war schon klar, wer das Anwesen bewohnen würde. Denn meine Tochter hatte sich überraschend nach ihrem Schulabschluss von ihrem Partner getrennt und fragte mich, ob sie vor- übergehend bei mir einziehen dürfte. Sie wolle sich nämlich in Berlin eine neue Existenz aufbauen. Angebote für ihr Geschäft hatte sie schon genug, sie müsse sich nur noch entscheiden.

Das traf sich nun gut. Ich bot ihr an, das ganze Haus kostenlos zu bewohnen. Damit war uns Beiden geholfen.

30.0 Bali - unser neues Zuhause

Dann stand der Umzug bevor. Wir hatten uns geeinigt auf kleines Gepäck. Das hieß, alles was wir in Bali brauchen, würden wir in wenige Koffer stopfen. Der Rest kam in mein Haus.

Natürlich schickten wir unsere Koffer als Fracht vorab, das war viel billiger und wir brauchten uns beim Flug um nichts zu kümmer. So stand alles schon bei uns vor der Türe, als wir ankamen. Intan hatte auch schon dafür gesorgt, dass eine ältere einheimische Frau uns zu Diensten sein sollte, falls wir sie brauchen würden. Und außerdem wohnte ja auch noch der junge Gärtner im Sommerhaus, den wir unbedingt behalten wollten.

Es dauerte nicht lange und wir hatten uns an die neue Umgebung gewöhnt. Das war gar nicht so einfach, denn es gab immer noch die Sprachbarriere. Aber beide hatten wir beschlossen, zuerst Indonesisch zu lernen, wenigstens so viel, dass man sich gut unterhalten konnte. Am Anfang und hier im Hotel ging es auch gut auf Deutsch oder Englisch, denn hier kamen fast ausschließlich deutsche Gäste.

Zuerst wurde nun eingeräumt, wobei uns Made`, unsere Haushälterin behilflich war. Scheinbar hatte sie vorher auch schon bei Deutschen gearbeitet, so das sie sich ganz schnell bei uns eingewöhnte. Wir sahen sie aber nicht als unsere Haushaltshilfe an, sondern eher als unsere Nachbarin, denn sie bekam selbstverständlich auch einen kleinen Bungalow ganz für sich und zwar kostenlos. Wir machten ihr von vorne herein klar, das wir sie nur gelegentlich um ihre Hilfe bitten wollten.

So ein Verhältnis hatte sie noch nie kennen gelernt. Ich sagte zu ihr, dass sie sich einfach als die Freundin meiner Frau betrachten sollte. Natürlich bekäme sie trotzdem ein kleines Gehalt und wir würden auch für sie mit einkaufen, denn wir wussten, das sie über wenig finanzielle Mittel verfügte.

Mit der Zeit fügte sie sich in ihre neue Rolle, was ihr ganz besonders gut tat, denn noch nie in ihrem Leben hatte sie sich wirklich nur um sich selbst kümmern können. Zuerst hatte sie ihre 5 Kinder groß gezogen. Und als die dann flügge wurden ging sie als Haushälterin, um sich ihren kargen Unterhalt zu verdienen. Denn leider hatte sie keinen Beruf gelernt. Das bedeutete in manchen Häusern Dienst vom Morgengrauen bis in die Nacht. Und dazu immer ein freundliches Gesicht zu machen, auch wenn das manchmal schier unerträglich war. Das erzählte sie uns, so ganz nebenbei. Das war schon hart, das sollte aber ab nun anders werden.

Zwischendurch schaute aber auch Intan nach uns. Sie ließ uns aber in Ruhe, bis alles an seinem Platz war. Dann luden wir sie ein zu einem Kaffee-Nachmittag, wobei Made` auch dabei war. Es wurde ein gemütlicher Kaffeeklatsch und es gab für uns viele neue Informationen. Am Ende fragte Intan uns, ob wir auch daran interessiert wären, etwas von der Balinesischen Kultur kennen zu lernen. Ich war sofort begeistert, Slatka schaute anfangs etwas irritiert. Ich beruhigte sie, denn es bestand kein Grund skeptisch zu sein.

31.0 Tempelbesuch

Übermorgen sollte im nahen Tempel wieder ein Fest sein, da würde sie uns gerne mitnehmen. Nun hatte ich Bedenken, denn ich hatte gelesen, dass Fremde zwar zu festlichen Anlässen in die Tempel hinein dürfen, aber nur, wenn sie sich traditionell kleiden und die Kleider auch ordnungsgemäß getragen würden. So hat es vor langer Zeit der Kulturrat von Ubud beschlossen. Er hat auch die Hotel- und Losmenbesitzer dazu verpflichtet, ihren Gästen beim richtigen Ankleiden behilflich zu sein. Intan bestätigte zwar meine Bedenken meinte aber, dass sie uns alles was wir brauchten zur Verfügung stellen könnte. Als es so weit war kam Intan mit allen Kleidungsstücken über dem Arm zu uns herüber. Für jeden einen Sarong, eine Schärpe und für mich sogar ein Tuch, das Udeng, als Kopfbedeckung. Madee` würde uns beim Ankleiden helfen. Denn Balinesen reagieren belustigt über nicht richtig angezogene Ausländer. Auch Slatka hatte sich inzwischen in ihr Schicksal gefügt, denn sie wollte ja auch kein Spielverderber sein. Sie meinte nur, dass ich im Rock schon eigenartig aussehen würde. In Deutschland würde ich damit glatt und eindeutig als Schwuler eingeordnet werden. Nach einer halben Stunde waren wir ausgehfertig, stiegen ins Auto und ab ging es in Richtung Tempel. Der Ausflug war für uns sehr interessant. Wir wurden dort von allen freundlich begrüßt, denn man sah, dass wir Intans Gäste waren.

Ich hatte mir vorgenommen, alles genau so zu machen, wie es Intan tat. Weil ich nicht allzu unangenehm auffallen wollte. Außerdem war mir klar, dass uns sicher alle beobachten würden. Zuerst setzte man sich auf dem Tempel-Vorplatz im Schneidersitz auf den blanken Erdboden. Das war schon mal ungewohnt für uns, waren wir doch gewohnt in der Kirche in Bänken zu sitzen.

Mitgenommen hatte Intan ein Körbchen, das sie mit Blüten des *Frangipani-Baumes* gefüllt hatte, der Baum wird landläufig hier auch als *Tempelbaum* bezeichnet, dessen weiße Blüten bei keinem Tempelfest fehlen dürfen. Das Körbchen hatte sie neben uns gestellt. Dann zündete sie eine Räucherkerze an, die sie in das Körbchen steckte. Nun warteten wir gespannt, was geschehen würde. Es dauerte nicht lange, da fing der Priester an, ein kleines Glöckchen leise zu läuten. Das war wohl das Zeichen, dass die Zeremonie nun bald beginnen würde. Als das Glöckchen verstummte, nahmen alle eine Blüte zwischen beide Hände und hielten sie sich vor das Gesicht. Wir taten es ebenso. Währenddessen murmelte der Priester einige Sprüche vor sich hin. Mir schien, dass er sogar auf die derzeitigen politischen Verhältnisse einging. Ein paar Worte kamen mir jedenfalls bekannt vor. Als er fertig war nahmen alle die Blüte aus der Hand. Die Männer legten sie in den Korb zurück, die Frauen steckten sie sich seitlich ins Haar. Das wiederholte sich 5 mal. Dann war die Andacht wohl zu Ende. Nun gingen festlich gekleidete ältere Frauen durch die Reihen und segneten uns. Das geschah folgendermaßen. Zuerst wurden wir mit Weihwasser aus einem silbernen Kännchen bespritzt. Danach wurde 3 Mal Weihwasser in die rechte Hand gegossen und man rieb sich damit das Gesicht ein. Das 4. Mal schlürfte man es sogar auf. Mich schüttelte es zuerst, denn es ging jetzt nicht sehr sauber zu. Doch dann fiel mir ein, dass es ja heiliges Wasser war. Da konnte wohl nichts passieren.

Danach standen alle auf und gingen nach Hause. Die Frauen nahmen ihre mitgebrachten Opferkörbchen vom Al-

tar wieder mit, die inzwischen der Priester auch mit Weihwasser gesegnet
hatte. Intan blieb aber mit uns noch eine
Weile sitzen und ließ sich von einem
Helfer drei Wollfäden geben. Ein Faden
war weiß, einer rot und der Dritte
schwarz. Daraus drehte sie, während
wir uns noch anregend unterhielten,
eine Kordel und band sie mir ohne
Kommentar um das rechte Handgelenk.
Slatka sah mich fragend an?! Ich gab ihr
ein Zeichen, dass sie keine Angst haben
sollte, denn ich wusste aus der Literatur,
dass Hindus nicht missionieren. Dann
standen auch wir auf und gingen hinaus.
Ich nahm mir vor, bei passender Gelegenheit aber nach zu fragen, was das
Band an meinem Handgelenk zu bedeuten hätte. Als wir zu Hause ankamen
fragte Intan, ob wir noch Lust hätten
mit ihr ein wenig auf der Terrasse zu
sitzen, denn es war ja noch nicht sehr
spät. Außerdem war jetzt die Temperatur richtig angenehm.

Wir nahmen gerne an, denn nach dem gerade Erlebten hätten wir ohnehin nicht einfach ins Bett gehen können. Außerdem brauchte ich ja noch eine Erklärung für mein Armband. Intan goss uns einen Rotwein ein, der ganz genau die richtige Temperatur hatte. Und schon begann die Diskussion. Sie wollte von uns zuerst wissen, wie es uns im Tempel gefallen hatte. Für mich war das ein absolut bereicherndes Erlebnis gewesen, auch wenn es völlig anders abgelaufen war als in unserer Kirche. Slatka dagegen hatte doch rechte Probleme, alles auf einmal zu verkraften. Aber wir sagten zu, gelegentlich bei Feierlichkeiten wieder mit zu gehen.

Dann kam ich auf mein Armband zu sprechen. Intan überlegte kurz und antwortete dann, dass es mit den hinduistischen Göttern zu tun hätte.

- **Brahma**, der die Welt erschaffen hat,
- **Vishnu**, der die Welt erhält und
- **Shiva**, der am Ende der Zeit die Welt

zerstört, aber auch gleichzeitig verkörpert er Schöpfung und Neubeginn. Jede Farbe stände für einen Gott. Allerdings konnte sie im Moment die Farben nicht genau zu ordnen. Aber das könnte ich ganz sicher im Reiseführer gelegentlich selbst nachlesen. Aber, meinte sie, das ***Band beschützt Dich vor Unglück***. Und das schien mir hier in der neuen Welt sehr wichtig zu sein.

Bevor wir in unser Haus gingen lud uns Intan ein zu einem weiteren Tempelfest, denn die Balinesen haben viele Feste. Dabei würde es dann sogar Hahnenkämpfe geben.

Woher kommt eigentlich der Hahnenkampf, fragte mich Slatka. Entstanden sein soll er schon im 10. Jahrhundert und zwar aus religiösen Gründen. Es sollten mit dem Hahnenblut die bösen Geister vor einer Zeremonie besänftigt werden. Deshalb fand er früher auch ausschließlich in Tempeln statt. Heute finden man sie auch außerhalb der

Tempel und es werden darauf hohe Wetten abgeschlossen. Deshalb sind sie außerhalb der Tempel eigentlich verboten, weil viele Menschen dabei viel verwetten. Arme Balinesen verwetten dabei alles, was sie besitzen. Manchmal werden ganze Monatsgehälter gesetzt.

Wir ließen uns von Intan tatsächlich zu einem nächsten Tempelfest überreden, bei dem so ein Hahnenkampf statt fand. Dazu hatten sich viele Menschen versammelt, von denen die meisten auch Geld gesetzt hatten. Wir beteiligten uns aber nicht daran. Dann kamen die Männer mit großen Körben, in denen sie die Hähne eingesperrt hatten.

Nachdem zwei Hähne ausgesucht worden waren, band man ihnen ein ganz scharfes Rasiermesser an einen Fuß. Jeder bemühte sich nun seinen Hahn möglichst stark zu reizen. Sogar Federn werden ihnen dabei ausgerissen, damit sie richtig aggressiv werden. In dem Moment lag eine ungeheure Spannung in der Luft. Dann verkündet ein Schiedsrichter, dass der Kampf beginnen kann. Der ist aber zeitlich begrenzt auf ca. 2 Minuten. Als Zeitmesser hatte der Schiedsrichter eine Schüssel mit Wasser vor sich. Dann setzte er eine halbe Kokosschale auf das Wasser, die aber unten ein kleines Loch hatte. Nach etwa 2 Minuten war die Schale voll Wasser und ging unter. Damit war die erste Runde des Kampfes zu Ende. Wenn dann noch beide Hähne kampfbereit sind, gibt es nach eine Weile weitere Runden. So lange bis ein Hahn besiegt ist. Wird aber ein Hahn schon vorher so stark verletzt, dass er nicht mehr kämpfen kann, wird der Kampf sofort abgebrochen. Dem Verlierer wurden nun bei vollem Bewusstsein die Beine abgehackt und dem Gewinner als Trophäe überreicht. Man sagt, dass aus den Beinen eine Suppe gekocht und gegessen wird, damit die Kraft auf den Mann über gehen soll.

Das Ganze war eigentlich für uns eine einzige Tierquälerei. Weder Slatka noch ich konnten dem ganzen Geschehen etwas Gutes abgewinnen. Obwohl noch einige Kämpfe statt finden sollten, wendeten wir uns ab und gingen. Das Fazit für mich war, dass man so etwas einmal gesehen haben muss, um mitreden zu können. Mehr aber auch nicht!

Intan sah es uns an, dass wir es nicht genossen, sondern nur widerwillig über uns ergehen ließen. Sie meinte, dass sie uns aber auch etwas ganz interessantes bieten könnte, denn es stand das *Balinesische Neujahrsfest* vor der Tür. Das sollten wir uns nicht entgehen lassen.

Vorsichtshalber machte ich mich daran, alle meine Reiseführer zu studieren, denn Intan hatte ja nur wenige Andeutungen gemacht. Um also nicht überrascht zu werden, las ich mich vorher ein wenig ein.

32.0 Nyepi

Das Neujahrsfest Nyepi ist der Tag der Stille, des Fastens und der Meditation. Damit soll wieder die Balance zwischen Mensch, Götter und der Natur hergestellt werden.

Es bezeichnet den ersten Tag eines neuen Jahres nach dem traditionellen Balinesischen Mondphasenkalender *Saka. E*s wird gefeiert am Tag nach Neumond während der Tag- und Nachtgleiche im ersten Tertial. Es ist in der Nacht also absolut dunkel. In diesem Jahr fiel Nyepi auf den 20. März.

Dazu waren sehr umfangreiche Vorbereitungen zu treffen und zwar in allen Gemeinden. Das konnten wir nun hautnah hier mit erleben. Der Dorfplatz wurde zum Mittelpunkt des Geschehens, an dem sich das ganze Dorf beteiligte. Zuerst wurde viel Material heran geschleppt. Nach und nach wurde erkennbar, was daraus werden sollte. Es wurden nämlich große, etwa 5 Meter hohe Figuren aus Holzlatten und Draht als Grundgerüst gezimmert. Die wurden dann mit Pappmaschee so lange beklebt, bis die Figur komplett war. Am Schluss wurde dann das Ganze noch in recht auffallend grellen Farben angemalt. Nun waren die schrecklichen Figuren fertig. Genannt werden diese Figuren *Ogoh-Ogoh*. Sie sahen wirklich Furcht erregend aus, aber das sollten sie auch sein, denn sie müssen alle bösen Geister symbolisieren, die dann vertrieben werden.

Dann war es so weit.

Am Tag vor Nyepi wurde eine Exorzismus-Zeremonie durchgeführt. Auf den Hauptstraßen des Dorfes - *dem gedachten Treffpunkt der Dämonen* -wurden karnevalsähnliche Umzüge veranstaltet. Dabei wurden die Ogoh-Ogoh-Figuren mitgeführt, die auf ein Gerüst aus Bambus montiert waren. Das ganze war aber so groß und schwer, dass es von mindestens 10 jungen, kräftigen Männern getragen werden musste. Unter großem Lärm, den man mit allen zur Verfügung stehenden Geräten, auch Haushaltsgegenständen wie Kochtöpfen und Kesseln machte, trug man die Figuren durch das Dorf. Die waren teilweise so groß, dass einer mit einer langen Stange vorweg gehen musste, um Telefon- und Stromleitungen anzuheben. Bis dahin hatten wir das ganze Geschehen selbst miterlebt.

Genau um Mitternacht war dann der Spuk schlagartig vorbei. Die Ogoh-Ogoh werden meistens ans Wasser getragen und dort verbrannt! Ab da herrscht dann für 24 Stunden im ganzen Ort eine *absolute Ruhe*. Es brennt nirgends Licht, es darf auch kein Feuer gemacht werden, es wird nicht gekocht. Kein Auto, Flugzeug, Bahn oder Schiff fährt. Kein Mensch ist auf der Straße. Radio und Internet sind abgeschaltet. Nur die Polizei und der Notfalldienst haben Ausnahmeerlaubnis. Im allgemeinen halten sich alle an diese Regeln. Eine in schwarz-weiß karierten Sarongs gekleidete Religionspolizei kontrolliert die Einhaltung, denn alles gilt auch für Touristen.

Der Krach soll dazu dienen, um die bösen Geister aus der Stadt zu vertreiben. Und die Dunkelheit hat den Sinn, dass die bösen Geister nicht wieder in die Stadt zurück finden sollen. ***Der tiefere Sinn von Nyepi ist ein Neuanfang in möglichst großer Reinheit.*** Für uns war das natürlich ein besonderes Erlebnis. Das Fasten fiel uns nicht schwer und die Ruhe des Tages bekam uns ganz besonders gut.

33.0 Autokauf

Nun waren wir also angekommen. Intan hatte uns schon gelegentlich zu den Nachbarn mitgenommen. Wir sollten doch wissen, wer in unserer Umgebung wohnt. Es waren auch ein paar sympathische Deutsche dabei, zu denen wir sicher weiterhin Kontakt halten würden. Nachdem wir uns im Hause so einigermaßen eingerichtet hatten, wollte wir aber auch die weitere Umgebung näher kennen lernen. Obwohl Intan gemeint hatte, das ihr Fahrer Nyomen uns jeder Zeit zur Verfügung stehen würde sah es dann doch anders aus. Er hatte ja auch bei Intan seine festen Aufgaben. Viele Gäste mussten vom Flughafen geholt und auch wieder zum Flugplatz zurück gefahren werden, das gehört hier zum Service. Außerdem sind die Menschen hier nicht so belastungsfähig, wie wir es gewohnt sind. Schnell fühlen sie sich überfordert und dann geht gar nichts mehr. Das muss man einfach verstehen.

Eines Tages sagte ich zu Slatka, dass wir uns nun wohl ein eigenes Fahrzeug zulegen sollten. Sie fragte zurück, ob ich denn den Linksverkehr beherrschen würde. Ich sagte, dass ich zuerst ein Fahrrad oder Motorrad leihen würde, um das heraus zu bekommen. Ein Verleiher war gleich an der nächsten Ecke. Zu dem ging ich gleich am nächsten Morgen. Natürlich fragte auch der mich erst gründlich aus. Als er erfuhr, dass ich noch nie im Linksverkehr gefahren sei, bot er mir nur ein Fahrrad an. Damit sollte ich es zuerst probieren. Als ich aufstieg und abfahren wollte schärfte er mir ein:

Immer langsam und immer links!

Das hörte ich noch, als ich schon um die nächste Ecke bog.

Es klappte recht gut, denn in unserer Gegend war nicht viel Verkehr. Aber um genau das zu testen fuhr ich auch in die Stadt. Mit viel Konzentration gelang es mit tatsächlich an einem Tag den Linksverkehr so weit zu verinnerlichen, dass ich schon am nächsten Tag ein Motorrad leihen konnte. Das war dann schon wesentlich schneller und erforderte noch mehr Konzentration. Aber auch da kam ich am Abend wieder heil nach Hause. Der Motorrad- Verleiher begrüßte mich am Abend grinsend und zeigte mir den Daumen. Auch Slatka hatte den Tag über gebangt, es könnte etwas passieren.

Dann ließen wir uns von Nyomen in die Stadt zu einem guten Autohändler fahren. Er kannte sich ja aus, hatte er doch mal Autoschlosser lernen wollen. Nach längerem Suchen und Vergleichen entschlossen wir uns für einen echten Jeep, obwohl der Suzuki etwas billiger gewesen wäre. Aber der Jeep schien mir solider und etwas besser ausgestattet. Stolz fuhren wir am Nachmittag alleine zurück zum Hotel, um zuerst Intan unsere neue Errungenschaft vorzustellen. Sie hatte aber schon von Nyomen von unserem Kauf erfahren.

Ab jetzt waren wir nun unabhängig und konnten fahren, wann und wohin wir wollten. Leider hatten wir aber noch keine Garage, so dass der Wagen draußen stehen musste. Das ist hier eigentlich kein Problem, aber ich war es aus Sicherheitsgründen von zu Hause so gewohnt, das Fahrzeug immer einzuschließen.

34.0 Mysteriöser Autounfall

Gleich am nächsten Tag wollten wir eine erste Probefahrt machen. Wir fuhren von hier aus einfach nach Norden. Das klappte ganz gut. Aber als wir nach Osten wollten, fanden wir nicht sofort eine Querung durch das nächste Tal. Das war es, wovor uns Nyomen schon gewarnt hatte. Aber mit der Zeit fanden wir uns auch da zurecht. Nach ein paar Tagen beschlossen wir nach Ubud zu fahren. Früh fuhren wir schon weg. Wir nahmen eine der Straßen, die wir gestern schon ein Stück gefahren waren. Doch bei der zweiten Taldurchfahrt hatte ich ein Problem. Ich hatte die Angewohnheit fast ausschließlich mit dem Motor zu bremsen. Doch diese Abfahrt war so steil, dass ich zusätzlich mit der Bremse bremsen musste. Doch dabei hatte ich ein Problem. Ich konnte das Pedal ganz durch drücken, trotzdem spürte ich keine Bremswirkung. Es gelang mir letztendlich doch noch durch

starkes Herunterschalten mit dem Motor
den Wagen zum Halten zu bringen,
bevor wir beinahe in einer Kurve einen
steilen Abhang hinunter geschossen
wären.

Links ran und nachgeschaut. Das sah
nicht gut aus. Eine Bremsleitung war
defekt. Es sah aber nicht danach aus,
dass sie etwa durchgescheuert oder vom
Marder zerfressen war. Der Bruch war
glatt, wie mit einem Messer zerschnit-
ten! Wir ließen den Wagen stehen und
fuhren per Anhalter nach Ubud und
gingen zum Händler, bei dem wir den
Wagen gekauft hatten. Er fuhr uns
anschließend nach Hause und versprach
uns, den Wagen zu holen und schnell zu
reparieren.

Schon nach zwei Tagen rief er an, unser
Wagen sei fertig. Er brachte sogar den
Wagen zu uns auf den Hof. Als ich ihn
fragte, was die Ursache gewesen sei
meinte er, dass sicher ein Marder die
Bremsleitung beschädigt habe. Als ich

die alte Leitung sehen wollte meinte er, dass er die Teile schon entsorgt hätte. Damit war nichts mehr zu überprüfen. Er wusste aber nicht, dass ich gleich nach dem Unfall Fotos vom Schaden gemacht hatte.

Das Ganze machte mich aber stutzig.

Ab nun war ich vorsichtig. Unsere Garage war fertig und ich parkte nie mehr auf dem Hof. Außerdem schaute ich vor jeder Fahrt alle Reifen an und auch unter das Auto, ob es irgendwo Leckstellen gab. Das Fahrzeug schien aber wieder völlig in Ordnung zu sein.

Übrigens, die Reifen schaue ich auch heute noch jedes Mal vor einer Fahrt an, denn ich habe schon mehrmals erlebt, dass ich einen Platten hatte, obwohl das Fahrzeug zuvor in der Garage gestanden hatte. Das ist typisch für einen Platten durch einen Nagel oder eine Schraube, denn die Luft entweicht dann nicht sofort völlig, sondern so nach und nach.

35.0 Ubud

Gleich am nächsten Tag holten wir dann unseren geplanten Ausflug nach Ubud nach. Der Jeep war wirklich ein recht komfortables Auto. Er hatte trotz Stoffverdeck sogar eine Klimaanlage. Das war hier besonders im Sommer ganz brauchbar. In Ubud suchten wir uns ein angenehmes kleines Hotel fast in Ortsmitte, denn wir wollten ein paar Tage bleiben. Das Auto konnten wir auf dem Hof parken. Sogar sehen konnten wir es von unserem Bungalow aus. Das war beruhigend.

Die Stadt hatte so viel zu bieten.

Zuerst steuerten wir das Museum von *Antonio Blanco, dem Dali von Bali* an. Schon der Eingang zum Museum war sehenswert, eine ganz großzügige breite Treppe führt hinauf zu den Räumlichkeiten. Wir hatten das Glück, dass wir beinahe alleine dort waren. Die gut angezogenen jungen Frauen, die quasi als Bewacher durch das Museum schlenderten waren gerne bereit uns zu manchen Bildern interessante Kommentare abzugeben. Auch ließen sie uns, durch alle Privatgemächer des Malers gehen, natürlich nur in ihrer Begleitung. Blanco lebt zwar nicht mehr, dafür führt jetzt sein Sohn, der auch malt, das Museum weiter. So bekamen wir einen guten Gesamteindruck des Malers.

Dabei erfuhren wir, dass in den 1920-er Jahren auch die Maler Walter Spieß und Rudolf Bonnet nach Bali gekommen waren und die balinesische Malerei plötzlich einen beträchtlichen Schub bekam. In den 50-er Jahren gesellte sich dann noch Antonio Blanco dazu.

Antonio Blanco hat zusammen mit den vielen anderen Malern viel für die Kultur Balis beigetragen, indem sie junge Maler förderten. Aus vielen Landschafts- Tier- und Porträtbildern gibt es heute eine riesige Sammlung. Blanco bevorzugte hauptsächlich Personen. Zur Seite stand ihm dabei seine Freundin und ehemalige Tänzerin *Ni Ronja,* die er in wirklich allen Posen gemalt hat.

Als wir aus dem Museum kamen, wollten wir eigentlich noch einen Stadtbummel durch den Ort machen. Hier aber wimmelte es zu der Zeit vor fremden Besuchern. Die einen kamen mit Bussen, die anderen mit Geländewagen aus umliegenden Hotels. Deshalb gingen wir in unser Hotel, um uns etwas auszuruhen. Schließlich waren wir ja nicht in Eile?

Am nächsten Tag machten wir uns dann wieder auf, die Landschaft im Norden der Stadt zu erkunden. Eigentlich wollten wir bis an die Quelle des Baches fahren, der sich schon die ganze Zeit neben der Straße entlang schlängerte. Aber auf Fragen sagte man uns , dass es noch sehr weit wäre und wir sie alleine gar nicht finden würden, denn das Gelände würde oben völlig undurchdringlicher Urwald. Das letzte Stück müsste man dann ohnehin zu Fuß gehen. Darauf brachen wir unser Vorhaben ab und legten eine Rast ein. Hier gab es noch recht unberührte Landschaft, aber auch sehr exakt angelegte Reisfelder. In einem kleinen Ort machten wir Halt, der uns besonders malerisch erschien. Eine Verkäuferin bot uns an, ihre Terrasse betreten zu dürfen, um von dort die Reisterrassen besonders gut bewundern zu können. Sie brachte uns sogar Getränke, die wir gerne annahmen. Erst viel später lud sie uns ein, einen Blick in ihren Souvenirladen zu werfen, ohne uns aber zum Kauf zu drängen. Natürlich fanden wir ein paar Kleinigkeiten, die wir ihr für einen fairen Preis abkauften. Damit war auch sie zufrieden und lud uns ein, wieder zu kommen.

Dann fuhren wir nach Ubud zurück, um den vorher verschobenen Stadtbummel nach zu holen. Plötzlich erschraken wir beide, denn an uns vorbei ging ein elegant gekleideter Mann, der uns irgendwie bekannt vor kam. Er kam mit zwei anderen Männern sonnenbebrillt aus einem Hotel und sie stiegen in einen Straßenkreuzer. Da das Auto aber von vielen Menschen umringt war, konnte man das Kennzeichen nicht erkennen. Slatka meinte, dass sie den Mann in der Mitte schon mal irgendwo gesehen habe.

Als wir nach Hause kamen waren wir verwundert, denn auf dem Marmorboden fanden sich auch hier eigenartige Fußabdrücke, ähnlich wie damals in Berlin. Sollte der alte Spuck nun noch einmal von vorne beginnen?

36.0 Besakih

Unseren nächsten Ausflug wollten wir zum Muttertempel nach *Besakih* machen. Als wir mit Madee` darüber sprachen meinte sie, es wäre gut, wenn wir dort einen Führer dabei hätten, sonst bekämen wir sicher nicht viel zu sehen. Darauf fragte ich sie, ob sie bereit wäre, unseren Führer zu spielen. Das gefiel ihr und sie sagte sofort zu. Darauf verabredeten wir uns für den übernächsten Tag, schon ganz früh morgens. Natürlich legten wir dazu wieder unsere balinesischen Kleider an. Dabei half uns wieder Madee`, denn sie betonte noch einmal, dass es unbedingt genau darauf ankäme, richtig angezogen zu sein.

Schon um 6 Uhr fuhren wir los. Es waren zwar nur gut 80 km, aber die Straßen sind hier oft eng und unübersichtlich, so dass man langsam fahren muss. Auch waren ab und zu ganz langsame Ochsenkarren zu überholen, die alle Richtung Markt unterwegs waren. Trotzdem kamen wir aber schon gegen 8 Uhr 30 dort an. Noch waren hier recht wenig Leute, aber das änderte sich schnell. Wir parkten in der Nähe und spazierten dann langsam durch ein *Candy Bentar,* ein gespaltenes Tor, so wie sie an jedem Dorfeingang zu finden sind. Danach mussten wir die vielen Treppenstufen bis oben hinauf gehen. Von hier aus übersah man die ganze riesige Anlage.

Der *Pura Besakih* ist der heiligste, größte und auch einer der ältesten Tempel auf Bali. Für die Einheimischen gilt er als die Mutter aller balinesischen Tempel. Und so wird er auch als Muttertempel bezeichnet, denn jede größere Gemeinde hat hier seinen Muttertempel. Er liegt etwa auf 900 Meter Höhe am Südwesthang des *Vulkans Gunung Agung* mit stolzen 3142 Metern Gesamthöhe. Er ist damit von allen Tempeln auf Bali den Göttern am nächsten. Denn nach balinisisch-hinduistischem Glauben symbolisiert der Vulkan *Gunung Agung* zugleich den Wohnsitz der Götter.

Der Vulkan ist aber nicht zu unterschätzen, denn er ist nach wie vor immer noch aktiv. Sein Zentralkrater hat eine Durchmesser von 500 Metern und ist 200 Meter tief. Im 19. Jahrhundert brach er drei Mal aus. Einen starken Vulkanausbruch hatte es 1843 gegeben. Danach war 120 Jahre Ruhe. In den Jahren 1963/64 war es dann wieder so weit. Riesige Lavaströme flossen bis zu 14 Kilometer in Richtung Norden, Süden und Südosten den Berg hinab und bedeckten viele Felder. Da es gerade Regenzeit war befanden sich viel Menschen auf den Feldern, die durch Asche und Gestein verletzte oder verschüttet wurden. Doch kein Lavastrom floss in Südwestlicher Richtung, zum Muttertempel Besakih. Allerdings gab es trotzdem enorme Beschädigungen an den Tempelanlagen durch Asche und Lapilli, das sind 2 bis 3 cm große Gesteinsbrocken. Gleichzeitg erschütterte ein Erdbeben der Stärke 6,0 auf der Richterskala die ganze Umgebung. Leider hatten die Menschen die Gefahr falsch eingeschätzt, denn der letzte Ausbruch war zu lange her. Deshalb wurden 1963/64 1148 Menschen getötet und 624 Menschen verletzt. Die Schäden am Muttertempel wurden in kürzester Zeit behoben, denn alle Menschen der Insel beteiligten sich an den Aufbauarbeiten, so dass das Heiligtum bald wieder benutzt werden konnte.

Doch zurück zu unserem Ausflug. Wir hatten durch die Führung von Madee` alles gesehen und vieles erfahren. Auch hatten wir automatisch an mehreren Andachten und Gebeten teilgenommen. Gegen Abend fuhren wir mehrfach gesegnet wieder Richtung Heimat. Für uns Beide war das ein einzigartiges Erlebnis gewesen, den Balinesischen Götter so nahe zu kommen.

Als wir nach Hause kamen fanden wir wieder diese eigenartigen Fußabdrücke in unserer Wohnung vor. War es nur vom Personal? Eigentlich sollte es uns egal sein, obwohl ich daran wieder die gleichen Merkmale wie bei den vorherigen Abdrücken erkannte. Ich sagte zwar nichts, nahm mir aber vor, künftig sehr aufmerksam zu sein. Außerdem hatte ich von allen Abdrücken Fotos gemacht.

37.0 Lovina Beach

Nach mehreren kleineren Ausflügen in die nähere Umgebung wollten wir nun den Norden der Insel besuchen. Wir fuhren also nach Lovina Beach, um uns dort für ein paar Tage in einem kleinen Hotel in der Nähe des Delphin-Denkmals einzumieten. Hier war jeden Abend kurz vor Sonnenuntergang Treffpunkt aller Jugendlichen und denen die schon Feierabend hatten. Es war interessant, den singenden und schwatzenden Leuten zuzusehen und zuzuhören, auch wenn wir noch nicht alles verstanden. Da waren auch die Fischer, die zwar von den eigenen Fischfängen kaum mehr leben konnten, nun aber eine neue Einkunftsquelle entdeckt hatten. Sie boten hier den vielen täglichen Touristen Ausflüge mit ihren traditionellen Einbaumbooten an, den sogenannten *Jukung- Fischerbooten*. Die Boote bestehen aus einem ausgehöhlten Baumstamm. Sie sind tatsächlich so schmal, dass man nur hintereinander sitzen kann. Damit sie nicht umkippen, haben sie links und rechts zwei geschwungene Ausleger, an denen an jeder Seite des Bootes ein dünner Bambusstamm längs befestigt ist. Diese Konstruktion verhindern, dass das Boot kentert. Als Antrieb dient meist ein recht starker Außenbordmotor. Die Boote sind ganz bunt bemalt und sind deshalb natürlich ein beliebtes Fotomotiv für Touristen.

Auch wir ließen uns zu einem Bootsausflug am nächsten Morgen von einem der Fischer überreden, um Delphine aus der Nähe zu sehen und um selbst nach Korallen zu tauchen. Schon um 5 Uhr, die Sonne war noch nicht aufgegangen, stand er vor unserem Hotel um uns abzuholen. Mit seinem schmalen Fischerboot, ging es dann schnell hinaus aufs offene Meer. Natürlich waren auch andere Boote draußen. Die Fahrer fuhren sozusagen um die Wette, wer die

ersten Delphine sehen würde. Unser
Fischer war eher bedacht und hielt sich
zurück. Dann fuhr er ganz langsam und
leise in eine ganz andere Richtung.
Tatsächlich hatten wir plötzlich einen
ganzen Schwarm Delphine direkt vor
uns, worauf er sofort den Motor ganz
abschaltete. Er erzählte uns, dass Delphine auf das laute Motorengeräusch
sehr sensibel reagieren würden. Nachdem die Delphine uns mehrere Male
ganz dicht umkreist und mehrere
Luftsprünge vorgeführt hatten schwammen sie wieder langsam davon. Und wir
fuhren zurück Richtung Strand. Als wir
ausstiegen meinte er, dass dies aber nur
die Hälfte seines Angebotes sei. Nach
dem Frühstück würde er erneut mit uns
hinaus fahren zu den Korallenbänken.
Taucherzeug hätte er für uns dabei.
Tatsächlich stand er um 9 Uhr wieder
da, um uns abzuholen. Auch diese Aus-
fahrt war sehr interessant. In etwa
einem Kilometer vor dem Strand

entfernt stoppte der Fischer sein Boot. Hier gab es eine langgezogene Sandbank in etwa 3 Meter Tiefe. Dahinter ging es dann 10 bis 15 Meter steil hinunter. Dort gab es tatsächlich eine Menge bunter Korallen. Doch bevor wir Schwimmflossen und Schnorchel anlegten, hatte uns aber der Fischer ans Herz gelegt, keine Korallen abzubrechen. Sonst könnte er bald Niemanden mehr diese bunten Schönheiten zeigen. Dann erst stiegen wir ins Wasser und schwammen einige Runden. Es war schon interessant einmal so die Unterwasserwelt selbst zu sehen. Da es hier nicht tief war, war auch die Beleuchtung recht gut, die Korallen erschienen dadurch besonders bunt.

Den Rest des Tages verbrachten wir dann im Schatten von Palmen am Lavastrand. Der ist fast schwarz und bei Sonne so heiß, dass man barfuß mittags nicht darüber gehen kann, ohne sich die Fußsohlen zu verbrennen. Nur direkt am Wasser war es angenehm zu laufen.

Von hier aus machten wir dann an den nächsten Tagen kleine Ausflüge an der Küste entlang Richtung Osten, mit einem Bummel durch das kleine Städtchen Singaraja.

Am nächsten Tag fuhren wir an der Küste entlang Richtung Westen. Ein Boy im Hotel hatte uns einen heißen Tipp gegeben. Nach etwa 9 Kilometern sollten wir landeinwärts nach Banjar abbiegen und dann nach einem Thermalbad fragen. Leider sei das schlecht ausgeschildert, dafür aber auch nicht so stark besucht. Nach zwei mal Fragen fanden wir das Bad *Air Panas*, ganz versteckt im Urwald. Aus einer heißen Quelle kommt schwefelhaltiges Wasser mit etwa 38 Grad. Nachdem es durch einen kleinen Tempel geflossen ist füllt es 3 Becken nacheinander. Im ersten Becken kommt es aus mehreren Wasserspeiern in Form von Schlangenköpfen noch fast kochend heiß aus der

Wand. Im etwas kühleren zweiten Becken kann man ausgiebig schwimmen. Im dritten Becken findet man das Highlight, dort fällt das Wasser aus einem Wasserspeier aus ziemlicher Höhe herab, so dass man sich Schultern und Rücken massieren lassen kann.

Hier ließ es sich den ganzen Tag gut aushalten. Sogar ein Restaurant gab es hier, so dass man auch kulinarisch versorgt war. Da war es den ganzen Tag, vorwiegend im Schatten von Palmen oder im Wasser gut auszuhalten. Wir erlebten sogar, wie ein Kletterer Kokosnüsse von den hohen Palmen erntete. Leichtfüßig kletterte er am Stamm hinauf, wie eine Katze. Dann zog er ein Seil aus der Tasche, befestigte am Ende eine Kokosnuss und ließ eine nach der anderen langsam zu Boden gleiten. Hätte er sie herab geworfen, wäre sie zerschellt und die Kokosmilch wäre verloren gegangen. Das Spiel wiederholte sich so lange, bis er alle reifen

Kokosnüsse herunter hatte. Für 50 Cent konnte man eine ganze Kokosnuss erstehen. Alleine schon die Kokosmilch macht satt. Aber wenn man sie leer hatte schlägt er sie mit einer Machete auf und man kann auch das Fruchtfleisch essen, das bei einer reifen Frucht etwa 10 mm stark ist. Wenn man das schafft, ist man für den ganzen Tag gesättigt.

Auf der Heimfahrt zu unserem Hotel gab es dann noch ein ganz besonderes Erlebnis. Plötzlich kam uns eine Beerdigungs-Prozession entgegen. Sofort wendete ich und fuhr der Prozession voraus. Denn ich hatte vor dem Dorf eine eigenartige Menschenansammlung gesehen. Das war sicher der Kremations-Platz. Wir parkten abseits und gingen näher. Tatsächlich waren dort schon die Vorbereitungen für eine Verbrennung vorgenommen worden. Dann kam die Prozession langsam die Straße entlang und näherte sich dem

Kremationsplatz. Doch ehe sie zum Platz einbogen, machten sie mit dem Sarg eine sehr komische Bewegung, indem sie ihn auf der Stelle mehrere Male ganz schnell waagerecht hin und her drehten. Dadurch soll die Seele irritiert werden, damit sie nicht schon vor der Verbrennung aus dem Körper entweicht und so umher spukt. Endlich hier angekommen wurde dann der Sarg auf ein Gestell gestellt und geöffnet. Jetzt konnten wir sehen, dass es sich um eine ganz junge Frau handelte, die durch einen Unfall ums Leben gekommen sei. Von den vielen Umstehenden wurden wir geradezu bedrängt, ganz nahe an den Sarg heran zu treten, so dass wir nun alle Zeremonien genau beobachten konnten. Ein Priester nahm die vielen Geschenke entgegen, die der Leichenzug mitgebracht hatte und legte alles auf die Leiche, während er andauernd Gebete sprach. Zum Schluss wurden nun viele persönliche Sachen, wie Bettzeug, Kissen, Kleidung und Lieblingstiere auf die Leiche gelegt. Dann wurde alles angezündet.

Umstehende luden uns ein, um am nächsten Tag die Prozession mit zu erleben, wie die Asche der Verbrannten zum Meer getragen und ins Wasser geschüttet wird. Wir bedankten uns und nahmen aber Abschied von dem wirklich für uns gravierenden Erlebnis. Nach diesem sehr aufregenden Tag schliefen wir die nächste Nacht besonders gut.

Als wir am nächsten Morgen aufwachten fanden wir erneut diese ominösen Fußabdrücke auf dem Fußboden unserer Wohnung. Und als wir zu einem kleinen Ausflug in die Umgebung aufbrechen wollten, hatten wir zwei platte Reifen. Das war schon ungewöhnlich. Es kann schon vorkommen, dass man sich einen Platten holt, aber gleich zwei und das noch bei abgestelltem Wagen. Das ist nur denkbar, wenn man auf eine Menge

Nägel gefahren ist oder aber es hat jemand die Reifen mutwillig beschädigt. Das war schon seltsam. Die Werkstatt, die uns die Reifen wechselte meinte, dass es sicher Dornen gewesen seien, die wir gestern irgendwo aufgesammelt hätten. Die Schäden an den Reifen sahen aber eher nach Messerstichen aus. Natürlich hatte ich zuerst wieder ein paar Fotos von den Schäden gemacht, alleine schon zur Dokumentation. Hier kam uns doch so Manches recht ungeheuerlich vor.

38.0 Urwald

In einem Lokal in Denpasar lernten wir den **Ranger Bejo** kennen, der verantwortlich war für einen Teil des **Bali-Barat-National-Parks**. Der Park sei in verschiedene Bezirke eingeteilt, für die jeweils ein Ranger zuständig sei, erklärte er uns. Sein Bezirk läge im Westen und er würde jeden zweiten Tag in seinem Revier unterwegs sei, um für Ordnung zu sorgen. Leider käme es oft vor, dass besonders Einheimische dort hinein fahren würden, um zu wildern, Holz zu holen oder sogar um ihren Unrat dort einfach zu entsorgen. Allerdings gäbe es auch inzwischen Touristen, die sich nicht an die Verbotsschilder hielten. Diese Vergehen hätten in letzter Zeit sogar zugenommen.

Als er mit seiner Schilderung zu Ende war fragte ich ihn, ob es möglich sei, ihn mal zu begleiten. Kurz überlegte er, dann lächelte er verschmitzt und meinte, dass das schon möglich sei. Allerdings müsste ich ihm dann mithelfen seine Tagesaufgabe zu erledigen. Er könnte mich dazu als Hilfs-Ranger einsetzen. Ich bekäme von ihm sogar Kleidung und Abzeichen ausgehändigt, so dass ich wie ein echte Ranger aussehen würde. Ihm wäre das sogar eine große Hilfe, denn manchmal kam es vor, dass Uneinsichtige sogar handgreiflich und gewaltsam werden würden. Leider aber könnte ich meine Begleiterin dazu nicht mit nehmen, schon alleine deswegen weil es gefährlich werden könnte. Slatka war sofort einverstanden, denn sie wollte sich dieser Gefahr ohnehin nicht aussetzen. Wir verabredeten einen Termin am übernächsten Tag bei ihm zu Hause, um alles genau zu besprechen und auch um die Kleidung an zu probieren. Dazu gab er mir seine Adresse in Denpasar.

Pünktlich stellte ich mich zum verabredeten Zeitpunkt bei ihm ein. Nun erläuterte er mir zuerst genau unsere Aufgaben und zeigte mir an Hand einer detaillierten Landkarte sein Gebiet. Eine solche Rundfahrt durch sein Gebiet würde ca. 5 bis 6 Stunden dauern. Wir müssten gelegentlich auch in dem unwegsamen Gelände mit Hindernissen rechnen, die wir dann entweder beseitigen oder umfahren müssten. Unsere Abfahrt legten wir fest auf 4 Uhr 30 am nächsten Morgen. Ich solle mich pünktlich bei ihm einstellen.

Ich war pünktlich da, zog mich um und nach einem gemeinsamen Kaffee fuhren wir um 5 Uhr los Richtung Nordwesten. Die Orte kamen mir bereits bekannt vor, denn Bejo hatte mir die Orte alle schon gestern auf der Karte gezeigt. Natürlich nahmen wir Bejos Wagen mit der großen Aufschrift *Reservatverwaltung,* das machte Eindruck. Zuerst fuhren wir durch Tambanan, dann durch Selemadeg und Pulukan. Nun fuhr Bejo ganz langsam, denn bei der Segelschule Medewi musste er abbiegen. Eine ganz

schmale geschotterte Straße führte tatsächlich rechts weg nach Norden. Die
nahmen wir unter die Räder. Nun wurde
das Gelände schon wilder und unweg-
samer. Bald begann auch das Reservat,
Schilder wiesen darauf hin, dass ab hier
nur Reservat-Personal Zugang hat. Wir
durften also weiter fahren. Nach einiger
Zeit war der Weg fast gar nicht mehr
passierbar. Aber an verschiedenen Reifenspuren erkannten wir, dass hier
schon einige Fahrzeuge vor uns
gefahren sein mussten. Also fuhren
auch wir weiter. Nach einiger Zeit kamen wir auf eine Lichtung. Hier war
Müll frisch abgeladen worden. Außerdem wiesen frische Blutspuren darauf
hin, dass hier auch gewildert worden
sei. Nachdem wir die Gegend genau
untersucht hatten, konnten war feststellen, dass jetzt hier aber niemand
mehr war. Auch erkannten wir, dass die
Reifenspuren alle hier endeten. Bejo
war überrascht, diese Spuren gab es vor

einer Woche noch nicht, also müssten erst in den letzten Tagen Wilderer hier gewesen sein. Nachdem wir den ganzen Tag damit verbracht hatten überall nach dem Rechten zu sehen, kehrten wir gegen Abend wieder an diesen Platz zurück.

Bejo öffnete eine Kiste hinten auf der Ladefläche seines Pik Ups und zeigte mir, dass er nicht unbewaffnet war. Da lag sauber verpackt ein Jagdgewehr und eine Pistole, sowie ein kleines Zelt. Das beruhigte mich. Nach einiger Überlegung schlug Bejo vor, hier in einem Versteck zu übernachten, aber nur wenn ich einverstanden sei. Denn so eine Aktion war nicht ganz ungefährlich.

Ich erklärte mich einverstanden.

Darauf fuhren wir den Jimny tief ins Unterholz, damit er von der Lichtung aus nicht zu sehen war. Unsere Spuren verwischte wir. Dann schafften wir Platz für unser Zelt direkt neben unserem Fahrzeug, indem wir die Pflanzen mit einer Machete entfernten. Schnell war das kleine Zelt aufgestellt. Nun schnell noch etwas essen und an der nahen Quelle eine Katzenwäsche und schon begann es dunkel zu werden. Das geht hier aber besonders schnell, nachdem die Sonne unter gegangen ist. Wir krochen ins Zelt, hatten aber vorsichtshalber die Waffen aus der Kiste mitgenommen. Bejo nahm die Flinte und mir gab er die Pistole, nachdem er mir ihre Funktion erklärt hatte.

Leider war aber an Einschlafen nicht so schnell zu denken, denn in unserer Umgebung wurde es jetzt richtig laut. Anscheinend stritten sich einige Affenfamilien um die besten Früchte - wir würden am nächsten Morgen sicher den Grund erfahren. Trotzdem schlief ich irgendwann doch ein. Kurz nach Sonnenaufgang wurden wir durch ein lautes Motorengeräusch jäh geweckt! Dem Geräusch nach musste es ein schweres Fahrzeug sein. Nun verließ ich mich ganz auf die Erfahrungen von Bejo, denn ich war mir sicher, dass er solche Situation schon mehrfach erlebt hatte.

Sofort machte er mir klar, dass wir nun sofort handeln müssten, um die Gefahr zu minimieren. Wir krochen ganz leise aus unserem Zelt, die Waffen entsichert in der Hand. Wir schlichen zurück zur Lichtung und sahen zu unserem Erstaunen einen großen Geländewagen, aus dem gerade zwei Männer aus- stiegen. Man konnte erkennen, dass sie sich ganz sicher fühlten, denn sie waren laut und vor allem noch unbewaffnet. Dann begannen sie, den Bauschutt vom Pik Up zu entladen. Bejo gab mir ein Zeichen, dass wir jetzt zugreifen müss- ten. Zugleich sprangen wir aus dem Gebüsch und schrien beide ganz laut: ***hands up!!! on the ground!!!***
Beide Wilderer standen da wie ange- wurzelt, denn sie waren auf uns in keiner Weise vorbereitet. Nachdem sie unsere Waffen wahr genommen hatten,

legten sie sich beide mit dem Gesicht nach unten ganz langsam auf den Boden. Darauf ging Bejo langsam auf sie zu und fesselte einen nach dem andern an den Händen, während ich beide Waffen auf sie gerichtet hielt. Danach drehte er sie um auf den Rücken. Zuerst machte er nun von beiden einige Fotos, als Beweisstücke. Nun befragte er sie nach Namen, Adresse und nach dem Grund ihres Aufenthaltes hier. Sie gaben an, nur die Tiere beobachten zu wollen. Leider hatten wir sie aber beim Entladen des Bauschutts ertappt. Außerdem fanden wir in ihrem Auto zwei geladene Jagdgewehre und jede Menge Munition, das deutete eher auf Wilderei hin. Nun mussten wir überlegen, wie wir mit den beiden hier am besten heraus kommen konnten. Bejo schlug vor, dass er den *Pick up* der Wilderer fahren würde. Auf der Pritsche würden wir beide Wilderer gut verschnürt lagern. Ich sollte mit unserem Jimny hinterher fahren und sie genau im Auge behalten. Außerdem hatten wir ja die Funkgeräte, über die wir unterwegs im Notfall kommunizieren konnten. Es klappte ausgezeichnet und so kamen wir nach etwa 2 Stunden wieder in der Zentrale der Reservat-Verwaltung in Denpasar an. Alle Mitarbeiter staunten über unseren heutigen "Fang"! Sicher würde man den Beiden bald einen Prozess machen, denn es war notwendig so schnell wie möglich ein Exempel zu statuieren, damit Nachahmer abge-schreckt werden würden. Jedenfalls bedankte sich der Chef der Verwaltung persönlich bei mir für meine tapfere Mithilfe.

Als ich das Erlebte später zu Hause Slatka erzählte meinte sie nur, dass sie froh war, nicht dabei gewesen zu sein. Sie interessierte sich aber für die Arbeit der Ranger. Darauf lud ich Bejo zu uns nach Hause ein. Daraus wurde eine lange Freundschaft. Er verstand sich ganz ausgezeichnet mit Madee` und kam auch ihretwegen gerne immer wieder bei uns vorbei, denn er war Witwer. So erfuhren wir dann auch immer die neuesten Geschichten von ihm aus dem Nationalpark. Wir verabredeten auch gelegentlich unser Tour durch den Nationalpark zu wiederholen. Denn ich hatte noch lange nicht alles gesehen.

39.0 Java

Nach ein paar Wochen hatten wir wohl die meisten Sehenswürdigkeiten der Insel Bali gesehen. Und wir überlegten die Nachbarinsel Java näher kennen zu lernen. Schnell war ein Ticket von Denpasar nach Jakarta gebucht. Am nächsten Montag wollten wir für 8 Tage nach Jakarta fliegen, um die Stadt und vielleicht sogar die nähere Umgebung ein wenig kennen zu lernen. Der Flug verlief ohne Zwischenfälle und wir landeten bereits nach gut 20 Minuten. Auch das Hotel *Mandarin Oriental Jakarta*, das uns Intan empfohlen hatte, fanden wir schnell. Es war sehr angenehm, lag mitten in der Stadt und hatte doch viel Grün und einen Swimmingpool. Von hier aus machten wir dann viele Ausflüge. Um zuerst ein gute Übersicht zu bekommen buchten wir eine ganztägige Stadtrundfahrt.

Am nächsten Tag zogen wir dann alleine und zu Fuß schon recht früh los in die Altstadt, denn die hatte es uns gestern recht angetan. Weil gestern aber nicht viel Zeit war zum Bummeln und Verweilen, wollten wir es heute ganz ausgiebig nachholen.

Im Hotel war man sehr um uns bemüht und man hatte uns auch einige Tipps gegeben. Dazu zählte:

>die Altstadt,
>der Hafen,
>das National Monument,
>die Unabhängigkeitsmoschee,
>die Jakarta Cathedral und
>das ITC Mannga Dua (großes Einkaufszentrum).

Am interessantesten fanden wir die vielen **_Basare und Märkte_** in der Altstadt, also gingen wir zuerst dort hin. Auf einem Obst- und Gemüsemarkt sah ich eine ganz besondere Frucht. Die war mir im Urwald zwar auch schon aufgefallen, weil sie nicht zu übersehen war. Sie kann bis zu einem Kilo schwer werden. Das Gewicht ist auch der

Grund, dass sie nicht an einem Ast hängen kann, sondern direkt am Stamm wächst. Ich hatte im Urwald aber keine Gelegenheit gehabt, sie näher kennen zu lernen und auch vergessen Bejo danach zu fragen. Nun stand ich wieder davor und bestaunte sie. Der Verkäufer erkante sofort mein Interesse und seine Chance mir etwas verkaufen zu können. Er bot mir an ein Stück zu probieren. Dabei gab er mir bildlich zu verstehen, dass ich mir die Nase zuhalten sollte. Ich folgte seinem Rat, nahm ein Stück Fruchtfleisch, dass er auf einem Teller bereit gelegt hatte und aß. Ich war total überrascht, wonach das schmeckte. Es waren praktisch alle exotischen Früchte eines ganzen Obstgartens heraus zu schmecken, einfach wunderbar! Doch als ich versuchte auch zu riechen, wurde ich doch recht enttäuscht, denn das Fruchtfleisch der **Durian** riecht, als wenn es schon leicht verfault wäre. Jetzt wusste ich, warum ich mir die Nase hatte zuhalten sollen. Der Verkäufer beobachtete mich gespannt und schmunzelte, als ich bei ihm eine ganze Tüte von diesem Fruchtfleisch bestellte. Jetzt traute sich auch Slatka, davon zu probieren. Sie fand es ausgezeichnet, hatten wir damit doch etwas hinzu gelernt.

Unser nächstes Ziel war der **Sunda Kalepa Harbour.** Tatsächlich wird hier täglich alles Mögliche ein- und ausgeladen. Vor allem Kokosnüsse, Speiseöl und Holz - Bretter in allen Längen und Stärken. Dabei soll doch der Urwald nicht weiter gerodet werden. Jedenfalls kann man beobachten wenn man durch die Landschaft fährt, dass überall doch gerodet wird und Dattelpalmen angebaut werden, aus denen man Öl macht und das dann exportiert wird, um zu Devisen zu kommen.

Als wir vor so einem Frachter standen und das Treiben beobachteten winkte uns der Kapitän näher. Er meinte, wir sollten doch auf einen Drink zu ihm an

Bord kommen. Slatka traute sich nicht auf die schmale Bohle. Ich aber erinnerte mich, dass ich als Kind oft solche Abenteuer gewagt hatte. Zwar war ich nicht mehr der Jüngste, aber den Gang über die Bohle traute ich mir schon noch zu. Ich gab vorsichtshalber Slatka alle meine Wertsachen für den Fall, dass ich doch reinfallen könnte. Mit gleichmäßigen Schritten betrat ich nun die schwankende Bohle, die sich sofort unter meinem Gewicht durch bog. Ständig achtet ich aber genau auf die Eigenschwingungen der Bohle, denen passte ich mich an. Wenn man versucht dagegen zu wirken, wird man abgeworfen, wie von einem wilden Pferd. Nach etwa 30 Schritten war ich auf dem Schiff. Freundlich begrüßte mich nun der Kapitän und lud mich tatsächlich zu einem Drink ein. Nachdem wir uns ausführlich unterhalten hatten, marschierte ich, als wenn ich das täglich tun würde, wieder langsam an Land. Slatka hatte die ganze Zeit die Luft angehalten, weil sie Angst hatte, ich könnte ins Wasser fallen. Genau betrachtet war das Hafenwasser nicht sehr einladend. Darin schwamm viel Unrat und manchmal auch tote Tiere herum und sein Geruch war auch nicht gerade einladend.

Am Abend waren wir dann richtig geschafft, von dem vielen Herumlaufen. Aber es war sehr interessant gewesen. Jetzt tat ein Bad im Swimmingpool richtig gut, schon mal weil das Wasser angenehmer roch als das im Hafen.

Am nächsten Tag fuhren wir dann zum großen **National Monument**, das man unbedingt gesehen haben muss, meinten alle Einheimischen, denn es symbolisiert den Kampf um die Unabhängigkeit Indonesiens. Es ist aus Marmor, 137 Meter hoch, 1975 erbaut und wird gekrönt von einer goldenen Flamme, die der Fackel der Freiheitsstatue in New York nachempfunden ist. Überzogen ist die riesige Flamme mit 35 kg Gold.

Auf 135 Meter Höhe gibt es eine Aussichtsplattform. Und am Fuß befindet sich ein Museum und eine Meditationshalle. Hier finden ständig irgend welche Veranstaltungen statt. Als wir dort waren gab es gerade eine recht stürmische Demonstration. Uns wurde geraten, der fern zu bleiben. Die Menschen waren aber nicht aggressiv, so dass wir uns unter sie mischen konnten. Leider aber verstanden wir die Texte nicht, die vorgetragen wurden. Trotzdem war es schon überwältigend.

Zum Abschluss des Tages besuchten wir noch die *Istaqlal Moschee* (Unabhängigkeitsmoschee). Sie ist die größte Moschee in Südostasien und bietet 120.000 Gläubigen Platz. Erbaut wurde sie erst 1975. Auch dieses Gebäude ist überwältigend; man muss es erlebt haben. Danach kehrten wir wieder wie gerädert in unser Hotel zurück. Ein Bad im Pool tat jetzt wieder richtig gut.

Am nächsten Tag stand dann an, die *Jakarta Cathedral* zu besuchen. Das ist aber kein altes Bauwerk, sondern ist im neugotischen Stil errichtet. Mich interessierte das nicht so sehr. Dafür schlug ich vor, das *Freilicht-Museum* zu besuchen, wo man auf einem riesigen Freigelände alle Baustile Indonesiens nebeneinander bewundern kann. Damit war auch dieser Tag wieder voll ausgefüllt.

Nun blieb noch das *ITC Mangga Dua* Einkaufszentrum. Aber das war so riesig und voller chinesischer Waren, dass wir schon nach ein paar Schritten wieder das Weite suchten. Stattdessen gingen wir nochmals über einen nahen Bauernmarkt mit vielen exotischen Früchten und setzten uns auf eine Bank eines großen Platzes und ließen die Leute einfach an uns vorbei laufen. Das war auch mal ganz interessant.

Langsam ging unser Aufenthalt hier in

Jakarta auch wieder zu Ende und wir flogen wieder zurück nach Denpasar.

Als wir nach Hause kamen, fanden wir wieder diese eigenartigen Fußabdrücke in unserem Haus. Von Madee` konnten sie nicht sein, sie trug ganz einfache Latschen. So langsam beunruhigte mich das. Wir fragten Madee`, ob jemand nach uns gefragt hätte. Oder ob sie jemand in unserem Haus gesehen hätte.
Aber Fehlanzeige!
Auch Madee`war überrascht, konnte uns zu den Fußabdrücken aber auch keine Erklärung geben.

40.0 Sumatra

Nach einiger Zeit wurde es zu Hause wieder recht langweilig. Immer nur Lesen, baden, sonnen, das war mit der Zeit nicht mehr auszuhalten. Ich schlug vor, einen Trip auf die Insel Sumatra zu machen. Slatka war sofort einverstanden, denn auch sie langweilte sich anscheinend. Schnell war ein Ticket nach Medan gebucht und ab ging es. Unser erstes Ziel sollte **Bukit Lavang** sein, ziemlich weit im Norden. Dieses Mal wollten wir mindestens zwei Wochen bleiben. Vom Flugplatz weg hätten wir zwar mit einem Linienbus fahren können, aber man hatte uns schon gewarnt. Es war keineswegs sicher wann wir dann ankommen würden. Also mieteten wir in Medan wieder ein Auto, damit wir unabhängig waren. Sicherheitshalber nahm ich ein geländegängiges Fahrzeug. Weil es aber nur die Marke Suzuki gab, buchte ich einen Jimny. Damit wir uns nicht allzu sehr verfahren konnten hatte ich mir die neuesten Karten besorgt. Doch schon beim ersten Blick stellte ich fest, dass sie recht ungenau waren. Na, wir würden ja sehen. Auf jeden Fall wollten wir nach Bukit Lavang, dort gäbe es eine interessante Affen-Auffangstation. Und zwar für solche Tiere, die man Privatleuten weg genommen hatte, weil sie nicht Arten gerecht gehalten worden waren. Schon am nächsten Morgen brachen wir von Medan auf, natürlich hatte ich genügend Wasser und Proviant eingepackt, für den Fall, dass wir irgendwo in der Pampa stecken bleiben könnten. Das Gelände war hier sehr wechselhaft. Mal dichter Urwald und dann wieder Berge mit tiefen Tälern. Anfangs waren die Straßen zwar recht schmal, aber noch relativ gut befahrbar. Es gab zwar jede Menge Schlaglöcher, die man aber meistens geschickt umfahren konnte. Dann wurde die Straße zur Schotterpiste. Allerdings wurden auch die Schlaglöcher tiefer und größer. Dummerweise stellte ich fest, dass wir zwar auf einer kürzeren Strecke, aber dafür auf einer Nebenstraße unterwegs waren. Na, hoffentlich ginge das gut, war meine Hoffnung!

Bald kamen wir an einen Wasserlauf, an dem die Straße ein gutes Stück entlang führte. Es gab keine Brücke, dafür aber nach einiger Zeit eine Furt. Es war jedem selbst überlassen, ob er es wagt hier durch zu fahren. Da ich aber nicht wusste, wie tief das Wasser ist, wagte ich keinen Versuch, sondern wartete bis andere Fahrzeuge kamen. Es dauerte auch nicht lange da kam ein normaler PKW. Scheinbar hatte er es sehr eilig, denn er stieg nicht mal aus, um die Furt zu studieren, sondern er fuhr sofort los. Ich nahm an, dass er diese Furt genau kennen würde. Im Wasser waren einige Pflöcke gesetzt, scheinbar als grobe Orientierung. Denen fuhr er nach. Das ging gut bis etwa 2/3 der Flussbreite.

Dann schluckte der Motor Wasser und das war es dann auch! Alle Insassen stiegen aus und gingen ans andere Ufer. Nur der Wagenlenker blieb wie angewurzelt bei seinem Auto stehen. Doch seine Situation wurde nicht besser. Nach und nach konnte man beobachten, dass der Fluss mehr Wasser führte, denn es hatte in den nahen Bergen gerade geregnet. Außerdem war das Fahrzeug jetzt leichter, nachdem alle Insassen ausgestiegen waren. Dadurch konnte das steigende Wasser den Wagen leicht anheben. Es dauerte auch nicht lange, da machte sich sein Auto selbstständig. Anstatt ans andere Ufer zu treiben wurde es mit dem steigenden Wasser weg gespült. Traurig konnte er nur noch hinterher sehen. Auch vor dem nächsten Wasserfall in etwa 500 Metern konnte niemand den Wagen retten. Wir mussten alle mit ansehen, wie er kopfüber den kleinen Wasserfall hinunter schoss. Das sollte uns eine Warnung sein. Ich suchte eine erhöhte Stelle, wo wir vor höherem Wasserstand sicherer waren und parkte für die Nacht. Vielleicht wird es morgen weniger Wasser haben, dachte ich. Sonst fahren wir lieber wieder zurück und nehmen die Hauptstraße.

Es wurde eine sehr *berauschende* Nacht. Ich fand das Wassergeräusch bald einschläfernd, während Slatka die ganze Nacht kein Auge richtig zu machte. Immer hatte sie Angst, dass das Wasser noch weiter steigen könnte. Doch am nächsten Morgen war das Wasser wieder etwas zurück gegangen. Gemütlich setzten wir uns, um in Ruhe das Mitgebrachte zu frühstücken. Mit der Zeit kamen von beiden Seiten Fahrzeuge an die Furt. Aber alle betrachteten genau den Wasserstand, ohne zu fahren. So gegen 11 Uhr machte endlich ein Fahrer den ersten Versuch und hatte Glück. Er erreichte aber ohne Insassen das andere Ufer. Nun mussten alle Mitfahrer zu Fuß durch die Furt waten, wobei sie fast bis zum Bauch nass wurden. Ich wartete aber noch weiter ab. Erst so gegen 15 Uhr, es schien in den Bergen gerade wieder anzufangen zu regnen, machten wir den ersten Versuch durch zu fahren. Ganz langsam fuhr ich los, immer auf die großen Steine achtend. Da unser Jimny etwas höher gelegt war und sein Luftan-saugstutzen nach oben geführt war, sogar über das Führerhaus hinaus ragte, schafften wir die Durchfahrt ohne große Probleme. Schnell setzten wir unsere Fahrt fort, um aus dieser Senke wenig-stens vor dem nächsten Regen heraus zu sein. Nach ein paar Kilometern erreich-ten wir dann aber schon den Ort **Bukit Lavang**, der ganz idyllisch am Fluss *Bohorok River* liegt. Es reichte gerade noch vor Dunkelheit ein angenehmes Quartier zu finden. Allerdings musste wir auf einer Seite des Flusses parken und dann zu Fuß über eine wackelige, schmale Fußgänger-Hängebrücke auf die andere Seite zu unserem Hotel gehen.

Am nächsten Morgen machten wir zuerst einen ausgiebigen Bummel durch den malerischen kleinen Ort, bevor wir uns in ein Restaurant zum Frühstück setzten. Natürlich wollten einige Einheimische wissen, wie wir bei der Herfahrt gestern über den Fluss gekommen seien. Sie hatten schon erfahren, dass einige Fahrzeuge stecken geblieben waren. Wenn das Wasser nicht zu hoch ansteigt, erzählten sie, ist es auch kein Problem. Dann kommt meistens ein Bauer mit seinem Traktor und zieht es gegen ein gutes Trinkgeld wieder heraus. Nur wenn das Wasser mit der Zeit immer mehr steigt kann auch kein Traktor helfen.

Am Nachmittag machten wir dann eine Wanderung zur Affenauffangstation. Dazu muss man entlang des Flusses ein Stück durch den Urwald gehen. Dann kommt man an eine "Fähre". Das ist ein

kleines Boot, das an einem über den
Fluss gespannten Stahlseil hängt. Mit
der Hand wird es dann über den rei-
ßenden Fluss gezogen. Auch das ist
nicht ganz ungefährlich, denn das Boot
ist sehr schmal und schwankt bedenk-
lich in den Wellen. Sicherheitshalber
bekommen aber alle Mitfahrer eine
Schwimmweste, für den Fall des Ken-
terns.

Nun standen wir auch schon in der Sta-
tion. Am Wegesrand gab es einige
Käfige, wo einzelne Tiere gehalten wurden. Meistens wohl, um sie erst an die
neue Umgebung zu gewöhnen und um
sie medizinisch zu versorgen. Später
werden sie dann frei gelassen. Auf einer
Holzplattform mitten im Wald werden
die Tiere zu bestimmten Zeiten regelmäßig mit Bananen gefüttert. Ansonsten
dürfen sie sich völlig frei bewegen. Die
Urang Utans bauen in den hohen
Bäumen fast jeden Tag ein neues Nest,
in dem sie schlafen. Dazu benötigen sie

natürlich Material. Was wir nicht wussten war, dass sie dazu den Zuschauern manchmal sogar Sachen stehlen. Als wir mit ca. 10 anderen Zuschauern in der Nähe der Futterstelle am steilen Hang standen um der Fütterung zuzusehen, kam ein ausgewachsener, männlicher Affe von Liane zu Liane direkt in unsere Gruppe gesprungen, um in Sekundenschnelle einen ganzen Rucksack zu stehlen. Mit dem stieg er dann auf den höchsten Baum über uns und begann ihn auszupacken. Was er nicht gebrauchen konnte warf er einfach herunter. Das betraf hauptsächlich Fotoapparate, Kleidung und Kosmetik. Eine Wasserflasche schraubte er nicht auf, sondern biss einfach ein Loch hinein und drückte sie. Den Wasserstrahl fing er mit dem Mund geschickt auf. Dann warf er auch sie hinunter. Lange glaubten wir, dass dies eine fürs Publikum einstudierte Nummer sei. Aber später erfuhren wir dann von dem Ehepaar, dem der Affe den Rucksack gestohlen hatte, dass er ihn nicht mehr her gegeben hatte, weil er ihn für seinem nächsten Schlafplatz brauchte. Das Ehepaar musste also auf seinen Rucksack verzichten. Nur die weg geworfenen Gegenstände konnten sie wieder mühselig einsammeln, die sich inzwischen auf den ganzen Hang verteilt hatten. Wir kamen hier aber ungeschoren davon.

Nach ein paar Tagen verließen wir Bukit Lavang und fuhren Richtung Norden bis an die Nordspitze der Insel, nach **Banda Aceh.** Bis zur Mitte des 20. Jh. hieß der Ort **Kota Radja** und war Königsstadt und Sitz des Sultans der Provinz. Sehenswert ist die Moschee **Baiturrahman** aus dem 12. Jahrhundert. Hier suchten viele Menschen Schutz vor dem Tsunami, der 2004 die ganze Gegend überflutete und insgesamt ca. 150.000 Tote gekostet hatte. Die Stadt war zwar inzwischen wieder weitestgehend aufgebaut, man konnte aber doch erkennen, was alles neu entstanden war.

Beim Gang durch die Stadt fiel uns wieder ein Mann auf. Wieder war er von mehreren Bodyguards umringt und stieg in eine große Limousine und verschwand. Wieder konnten wir uns aber keinen Reim darauf machen. Das Nummernschild hatten wir auch nicht erkennen können.

Auch der *Kerici Salbat* Nationalpark ist sehenswert. Hier gibt es noch Tiger, Elefanten, Bären, Leoparden, Tapire und viele Affenarten. Den Nationalpark darf man aber nur mit Führung betreten, weil es alleine zu gefährlich wäre und auch damit jeweils der notwendige Abstand zu den wilden Tieren eingehalten wird. Ein Tierpfleger stellte einen Konvoi aus Privatfahrzeugen zusammen. Dann setzte er sich mit seinem Fahrzeug an die Spitze und es ging los. Alle mussten diese Reihenfolge absolut einhalten, nicht alleine anhalten und keine Fenster öffnen. Es war schon interessant so nahe an Tiger oder Löwen vorbei zu fahren, die aber gelangweilt am Wegesrand lagen. Scheinbar waren sie gerade gefüttert worden.

Ein weiteres Highlight war dann der **Vulkan Kerincis**, aus dem ständig schwefelhaltige Gase aufsteigen. Der Aufstieg vom Parkplatz bis zum Kraterrand ist recht beschwerlich, weil man ständig in ganz feiner Asche läuft, die man hinterher in jeder Tasche und in jeder Falte des Körpers wieder findet. Außerdem war es schon nachmittags und die Sonne brannte unbarmherzig auf uns nieder. Man kann oben bis an den Kraterrand gehen und sogar in den Krater hinein schauen. Man hält es dort oben aber nicht lange aus, weil es fürchterlich nach verfaulten Eiern stinkt! Denn aus dem Krater steigen ständig schwefelhaltige Gase auf. Außerdem hat man das Gefühl, als

wenn er jeden Moment wieder aus-
brechen könnte. Nach etwa 2 Stunden
waren wir wieder unten auf dem
Parkplatz.

Dann war noch ein Ausflug in den
nahen Urwald geplant, denn dort gäbe
es gerade eine ganz besondere Attrak-
tion: Die blühende *Rafflesia ernoldii*.
die größte Blume der Welt mit ca. 2
Meter Durchmesser. Wir hatten das
Glück, dass gerade eine blühte. Sie ist
nämlich sehr selten und blüht nur
wenige Tage. Gewöhnungsbedürftig ist
auch hier ihr fauliger Geruch, mit dem
sie Insekten zur Bestäubung anlockt.

Am Abend machten wir Halt an einem
kleinen Restaurant und ließen uns die
einheimischen Speisen munden. Am
liebsten aß ich *Rendang* mit Huhn und
als Nachtisch *Pisang Goreng*, das ist
frittierte Banane im Teigmantel. Nur
den frischen Salat *Gado Gado* rührte
ich nicht an, wie sonst auch. Als
Fremder sollte man rohes Gemüse

meiden, weil bei der Bearbeitung oft die Reinlichkeit nach unseren Maßstäben zu Wünschen übrig lässt. Dafür hatte ich aber nie einen verdorbenen Magen.

Nun wollten wir noch eine ganz besondere Gegend besuchen. Ich hatte nämlich gelesen, dass hier in Westsumatra eine Ethnie wohnt, die heute noch in alter Form existiert. Sie heißen **Menang Kabau** und sind die größte matrilineare Gesellschaft der Welt muslimischen Glaubens.

Was heißt das?

Bei ihnen herrscht das *Frauenrecht* vor. Die Frauen sind die Herrscherinnen und sie verwalten den Familienbesitz. Sie vererben den Besitz weiter an ihre Töchter. Auch bekommen die Kinder den Namen der Mutter. Die verheirateten Männer haben gar nichts zu sagen, sie wohnen manchmal nicht mal bei ihrer Familie. Und das alles im 21. Jahrhundert und sogar bei moslimischem Glauben!

Erkennbar sind ihre Bauten an ihrem eigenartigen Baustil. Die Firste der Häuser sind nämlich nicht eben, sondern gebogen. Zu den Giebeln steigen sie steil an. Manche haben sie sogar mehrere Giebel. Man sagt, dass man daran die Anzahl der Schwiegersöhne abzählen kann. Es war sehr interessant, diese Menschen in ihrer ursprünglichen Umgebung zu erleben. Wir wurden sogar eingeladen, so ein riesiges Haus von innen zu besichtigen. Das Haus besteht aber aus nur einem Raum. Provisorisch werden kleine Teile nur mit Vorhängen abgeteilt. Auch eine Feuerstelle gibt es auf dem Holzboden. Dazu ist nur ein kleiner Teil des Bretterbodens mit Lehm bedeckt, damit nichts anbrennt. Um ins Haus zu kommen, muss man eine Treppe oder Leiter etwa zwei Meter hoch steigen, denn unter dem Gebäude ist Luft. Hier lagern Vorräte wie Holz und Futter, denn dort wird auch das Vieh gehalten.

Nach 14 Tagen hatte wir eine Menge von Sumatra gesehen und machten uns wieder auf den Heimweg nach Bali.

41.0 Australien

Schon immer hatte ich heimlich von Australien geträumt. Nun lag es beinahe greifbar vor mir. Also buchten wir einen Flug nach Perth, im Westen Australiens. Auch hier mieteten wir uns wieder einen fahrenden Untersatz. Dieses Mal aber ein Wohnmobil, damit wir die Möglichkeit hatten auch mal abseits der großen Städte uns selbst zu versorgen und übernachten zu können. Unser erstes Ziel sollte der *Ayers Rock*, sein. Er ist 348 Meter hoch und sozusagen das Wahrzeichen des 5 Kontinents. Es ist ein Ort voller spiritueller Kraft, der den Ureinwohnern sehr heilig ist. Und genau hierin liegt das Problem. Denn die *Aborigines* leben seit Tausenden von Jahren im Gebiet dieses Berges, der ihnen heilig ist. *Uluru* haben sie ihn getauft, was so viel wie *Schatten spendender Platz* heißt. Gegen den Wunsch der Ureinwohner erklimmen jährlich 55.000 Menschen den Berg,

trotz der vielen Hinweisschilder ringsum, es nicht zu tun. Ja, sogar Tote
werden dabei in Kauf genommen. Es
starben bis 2010 35 Touristen bei dem
Versuch, den Berg zu besteigen. Auf all
diese Fragen gab es eigentlich nur eine
Antwort:

*Australien musste endlich die Kultur
und die Spiritualität der Aborigines
ernst nehmen.*

Denn Australien hat, so wie viele andere
Länder der Welt auch, kein entspanntes
Verhältnis zu seinen Ureinwohnern. Am
Uluru spitzte sich diese Spannung
besonders zu. Als wir das lasen beschlossen wir den Uluru nicht zu
besteigen, obwohl Reiseführer es immer
noch heimlich gegen gutes Trinkgeld
anboten. Denn schon aus der Entfernung beschert dieser Berg intensive
Gänsehautmomente, sodass man auf das
Klettern absolut verzichten kann. Stattdessen beschlossen wir den Rundweg
um den Berg zu gehen. Dabei kann man

den Uluru und die Gegend ringsum auch auf besondere Weise erleben, ohne ihn zu besteigen. Am besten geht das bei einer geführten Tour zum Sonnen- auf- oder -untergang. Gut geschulte Guides – meistens sind es einheimische Aborigines – bringen den Besuchern die Besonderheiten der Gegend und die Legenden näher, die sich rund um den Uluru ranken. Sie erzählen die Ge- schichten, die die Ureinwohner mit ihrem Land verknüpfen und ihnen zu- gleich die Regeln liefern, sich um das Land und seine Geschöpfe zu kümmern. 1985 wurde endlich das Land und der Uluru den Ureinwohnern zurück gege- ben. Aber zugleich wurde es für 99 Jahre an die Australische Regierung wieder zurück verpachtet.

Übrigens bietet die benachbarte Berg- formation *Kata Tjuta* einen lohnens- werten Besuch, zumal man sie bestei- gen und fotografieren darf, ohne Verbo- te zu verletzen. *Kata Tjuta* heißt „viele

Köpfe" in der Sprache der Einheimischen, eine naheliegende Assoziation
beim Anblick der 36 markant aus-
sehenden, kuppelförmigen Berge, von
denen der *Mount Olga* mit 546 Metern
der höchste ist.

Auf den Tag genau 34 Jahre nach der
Landrückgabe an die Aborigines wurde
endlich am 26.10. 2019 das Besteigen
des Uluru verboten und unter harte
Strafe gestellt. Seitdem hat der Berg
nun endlich seine verdiente Ruhe!

Nach ein paar Tagen hatten wir hier
genug gesehen und erlebt. Ursprünglich
hatten wir vor gehabt noch weiter ins
Land zu fahren. Aber weil es zur Zeit
fürchterlich heiß war verschoben wir es
auf ein anderes Mal. Sicher kämen wir
gelegentlich wieder hier her, denn
Australien ist für uns schon ein
interessantes Land.

So fuhren wir nun wieder nach Port
Augusta, das an der Südküste liegt,
zurück. Nach einem Zwischenstopp

ging es dann zurück nach Perth, wo wir das gemietet Wohnmobil wieder zurück gaben und eine Maschine nach Denpasar bestiegen.

42.0 Jetzt reicht es!

Tatsächlich gab es auch hier in unserem Haus wieder diese mysteriösen Fußabdrücke. Slatka hatte sich extra ein Putzmittel besorgt das etwas Wachs enthielt, das frische Fußabdrücke besonders gut sichtbar machte. Mit der Zeit wurde es mir richtig unheimlich. Wer war andauernd unsichtbar in unserer Nähe und warum?

Eines Tages fasste ich endlich einen Entschluss. Ich schlug Slatka vor, damit direkt nach Leipzig zum BKA zu fahren. Damit es nicht auffallen sollte wollte ich alleine fliegen und bald wieder zurück kommen.

Ich traf mich in Leipzig zuerst mit meinem bekannten Kriminalbeamten, der inzwischen beim BKA gelandet, aber jetzt schon im Ruhestand war. Der gab diese Meldung umgehend weiter, denn er hatte noch gute Verbindungen. Darauf beschäftigte man sich noch einmal mit dem Drogenfall. Vielleicht hatte man ja etwas Wichtiges übersehen.

Richtig, da war doch das 3. Konto auf den Bahamas mit der stattlichen Summe von über 3 Millionen Euro, an das trotz intensiver Suche nicht heran zu kommen war.

Dabei war aufgefallen, dass der Verwalter, der sich damals als Kronzeuge angeboten hatte und eine neue Identität erhielt, ganz von der Bildfläche verschwunden war. Nach dem wurde nun insgeheim intensiv gesucht.

Behauptet wurde von einigen Leuten, er habe sich nach Südamerika abgesetzt und betreibe dort irgendwo eine Kaffeeplantage. In Bunes Aires gab es auch wirklich jemand, der das bestätigen konnte. Aber gleichzeitig sagte dieser Mann auch aus, dass der Verwalter mit Sicherheit das Land bald danach wieder verlassen haben müsste, denn er hatte alle Ländereien verkauft.

Man fand ihn nach langem Suchen aber

in Indonesien, wo er sich eine neue Existenz aufgebaut hatte und zwar anscheinend mit sehr viel Geld und somit jede Menge Leute bestechen konnte. Auch hatte er überall großen Einfluss, was auch darauf schließen ließ, dass er wieder ins Drogengeschäft eingestiegen sein könnte.

Näher betrachtet erkannte man, dass er anscheinend das Drogengeschäft seines Chefs weiter betrieb.

43.0 Der echte Schuldige

Nach langer Beobachtung konnte man den Verwalter schließlich bei einer Reise zu einer Trauerfeier nach Deutschland auf dem Flughafen Frankfurt fest nehmen und erneut verhören.

Er war inzwischen stark gealtert und kaum wieder zu erkennen. Aber seine DNA war gespeichert und so war es ganz leicht, seine Identität nach zu weisen. In langen und intensiven Verhören gab er schließlich doch zu, damals von Gregor das Passwort für das 3. Konto erpressen zu wollen. Leider war es ihm aber nicht gelungen.

Aber mit dem Tod von Gregor hätte er nichts zu tun. Er sei ihm seither auch nie wieder begegnet. Damit war man wieder ganz am Anfang. Irgendwo in den Ermittlungen musste eine Lücke oder ein Fehler unterlaufen sein.

Am meisten gab die Aussage zu denken, dass ihm Gregor seither auch nicht mehr über den Weg gelaufen sei?!

Was sollte das heißen?
Daraufhin wurde der Fall sozusagen noch einmal ganz von vorne betrachtet. Auch der Unfall mit Gregor wurde noch einmal genau unter die Lupe genommen. Dabei stellte man fest, dass die Urne mit der angeblichen Asche von Gregor nicht vom Verwalter an Slatka geschickt worden war, wie bisher angenommen. Aber von wem denn dann, stellte sich nun die dringende Frage. Weil die Urne von einem Kurier überbracht wurde, gab es auch keinerlei schriftliche Hinweise.
Der britische Geheimdienst hatte aber irgendwann heraus bekommen, dass Gregor keine so weiße Weste hatte, wie er immer vorgegeben hatte. Aus der Zeit vor Slatka hatte er in England eine Freundin mit Namen Darcy, mit der er auch ein gemeinsames Kind hatte. Diese hatte er auch gelegentlich besucht. Von dieser Beziehung wusste aber eigentlich bisher niemand.

Ab nun wurde ganz intensiv wieder nach Gregor gesucht. Nach einiger Zeit gab es Hinweise, dass sich eine fremde Person gelegentlich der Freundin Darcy in London genähert hätte. Bei genauer Betrachtung und Auswertung von Bildern konnte man davon ausgehen, dass es Gregor gewesen sein könnte. Als man den Post- und E-Mail - Verkehr von Darcy über längere Zeit beobachtete stellte man fest, dass es einen vagen Hinweis auf Australien gäbe. Also wurden die Kontakte zum Australischen Geheimdienst intensiviert. Und tatsächlich war vor längerer Zeit ein englischer Bürger durch ein gewöhnliches Verkehrsdelikt auffällig geworden, der Gregor ähnelte. Als man der Spur nachging, fand man auch DNA Spuren. Die wiederum belegten, dass es sich um Gregor handeln müsste. Nun behielt man Darcy in London genau im Auge. Dabei stellte man fest, dass sie in ganz regelmäßigen Abständen eine bestimmte Geldsumme überwiesen bekam. Dem ging man nach und stieß tatsächlich wieder auf Gregors DNA. Nun war es sicher, dass Gregor noch leben musste doch wo, das blieb immer noch sein Geheimnis. Also griff man zu einem Trick. Man schickte im Namen von Darcy eine Mail mit der Information, dass ihr Sohn schwer verunglückt sei. Er möge so schnell wie möglich herkommen.

Tatsächlich wurde diese Mail bestätigt und ein Kommen mit Datum angekündigt. Bei der Einreise auf dem Flughafen in London Heathrow wurde er festgenommen und bald darauf auch nach Deutschland ausgeliefert. Man hätte ihn wirklich nicht wieder erkannt, denn er war nicht nur älter geworden, sondern hatte sein Gesicht auch chirurgisch verändern lassen.

Nun wurde der alte Drogenprozess noch einmal ganz von vorne aufgerollt. Alle Details noch einmal genau beleuchtet.

Dabei stellte sich heraus, dass Gregors Unfall in Italien vor Jahren von ihm selbst inszeniert worden war, allerdings so, als hätte der Verwalter ihn organisiert. Gregor besaß nämlich einen gefälschten Ausweis mit seinem Bild, aber den Personenangaben vom Verwalter. Damit hatte Gregor seine Spur total verwischen können.

Gregor selbst hatte eine unbekannte Person betäubt, in seinen brennenden Wagen gesetzt und den Hang hinunter fahren lassen. Damit aber keine Spuren nachweisbar sein sollten hatte er die Leiche verbrennen lassen. Diese Asche wurde dann Slatka zugeschickt. Er selbst zog sich nach Australien zurück, wo ihn niemand vermutete und auch keiner kannte, nicht mal seine unmittelbare Konkurrenz.

Gregor aber baute sich mit dem abgezweigten Bargeld und seinen glänzenden Beziehungen eine neue Existenz auf. Nun konnte er ungehindert die

Drogengeschäfte weiter betreiben, denn durch den ersten Prozess war er seine Widersacher beinahe alle los geworden. Aber an das 3. Konto kam er immer noch nicht heran, denn er brauchte dazu den Augenaufschlag beider Augen von Slatka. Aber nicht etwa von einer Toten, sondern von der lebenden Person. Und an die kam er einfach nicht heran, egal was er auch anstellte. Deshalb war er es, der immer wieder versucht hatte, sich Slatka zu nähern und sich ihren Augenaufschlag zu beschaffen. Wir aber hatten nämlich in der ganzen Zeit peinlich genau darauf geachtet, dass Slatka nirgends einen Abdruck hinterließ oder etwas unterschrieb, was wir nicht eindeutig zuordnen konnten.

Außerdem hatte Gregor zwei Sicherheitsschaltungen auf seinem PC installiert. Eine sogenannte Totmann-Schaltung, so ähnlich wie es heute jeder Fahrerstand der Bundesbahn hat. Üblich ist diese Schaltung inzwischen auch bei manchen Pädophilen im Darknet. Wenn man sich nicht innerhalb einer festgelegten Frist wieder einloggt, erlischt das Passwort unwiederbringlich. Damit sind die Täter dann auch nicht zu überführen. Eine zweite Hürde, die Gregor installiert hatte war, dass der PC automatisch das Passwort ändert, wenn der Augenaufschlag fehlt. Der war ganz schön clever an die Sache heran gegangen.

Das BKA nahm sich nun erneut den Computer vor, um das Passwort heraus zu finden. Aber schon ohne den Augenaufschlag einzugeben, wurde das Passwort automatisch geändert. So war es ein reines Katz und Mausspiel, das aber nicht zu gewinnen war. Deshalb war man damals tatsächlich nicht an das Geld heran gekommen. Aber auch der Verwalter nicht, denn der glaubte einen Fingerabdruck von Slatka dazu zu benötigen. Es handelte sich immerhin um mehr als 3 Mill. €!

Jetzt konnte man aber in Ruhe alle möglichen Versuche machen auch weil Slatka bereit war von allen ihren Fingern jeder Zeit Fingerabdrücke zur Verfügung zu stellen. Schließlich kam ein findiger IT-Spezi drauf, dass es sich gar nicht um einen Fingerabdruck, sondern um den Augenaufschlag handelte. Er hatte das zufällig in einem neuen Krimi gelesen.

Nun endlich, konnte man das 3. Konto tatsächlich öffnen. Mit Zinsen waren es inzwischen über 3,1 Millionen € geworden. Die natürlich vom Staat beschlagnahmt wurden. Slatka hatte dagegen natürlich keinerlei Einwände, denn es war ja schwarz erwirtschaftetes Geld ihres Mannes, mit dem sie ohnehin nichts zu tun haben wollte.

Damit war dann der Spuk tatsächlich zu Ende. Es war für uns eine sehr aufregende Zeit gewesen. Immer hatten wir Angst, irgendwo in Gefahr zu geraten. Was wir nicht gewusst hatten war, dass

Gregor mit dem Augenaufschlag tatsächlich für Slatka eine Art Lebensversicherung eingebaut hatte.

Nach einiger Zeit wurde es uns allerdings in Indonesien doch zu einsam und wir überlegten, wieder nach Deutschland zurück zu ziehen. Das war schnell organisiert.

44.0 Flüchtlinge

Hier in Berlin erwartete uns nun eine
ganz neue Aufgabe. Inzwischen wütete
in der Ukraine der russische Angriffs-
krieg, der natürlich Slatka ganz besonders belastete, weil ihre Wurzeln in der
Ukraine lagen. Es waren tausende
Menschen aus der Ukraine auf der
Flucht. Davon hatte auch Deutschland
viele aufgenommen. Wir erklärten uns
sofort bereit, eine ganze Familie unter
zu bringen, aber das war wie ein
Tropfen auf einem heißen Stein. Neben
Wohnungen wurde aber auch hände-
ringend nach Dolmetschern und ehren-
amtlichen Helfern gesucht, denn die
Geflüchteten konnten in der Regel
kaum Deutsch. Und da war natürlich
Slatka genau die Richtige, denn sie
stammte aus der Ukraine. Sie half den
Flüchtlingen Papiere auszufüllen und
sich auf den Ämtern zurecht zu finden.
Ich half in den Auffanglagern die
Unterbringung und Versorgung der

Flüchtlinge zu organisieren. Und das machten wir sogar gerne, denn endlich hatten wir wieder eine richtige Aufgabe. Beinahe vergaßen wir die Familie, die bei uns untergebracht war. Aber sie waren ja gut versorgt und fanden sich inzwischen schon ganz gut alleine zurecht. Sie gingen manchmal sogar mit uns in die Unterkünfte um zu helfen, denn sie wussten am besten, wo es fehlte.

Am Abend saßen wir dann immer zu Hause zusammen und tauschten unsere Gedanken aus.

45.0 Alte Heimat

Zum Glück dauerte das nicht sehr lange.
Nach etwa drei Jahren war der Spuk
vorbei. Doch dann begann die eigent-
liche Aufgabe. Das Land lag wirtschaft-
lich total am Boden. Viele Gebäude
waren völlig zerstört und mussten
wieder neu aufgebaut werden. Zum
Glück beteiligte sich daran die ganze
Welt, zumindest mit finanziellen Hilfen.
Denn die Ukraine wäre alleine nicht in
der Lage gewesen, alle Kriegsschäden
zu beseitigen. Manche Orte bestanden
nur noch aus Ruinen und dann waren da
die vielen Mienen und Blindgänger, die
zuerst weg geräumt werden mussten.
Wenigstens hatte man einen Weg gefunden, die vielen Auslandsguthaben
und Immobilien russischer Bürger in
der ganzen Welt für den Wiederaufbau
der Ukraine zu beschlagnahmen. Denn
Putin hatte natürlich jede Verantwor-
tung und Entschädigung abgelehnt.
Es dauerte nicht lange, da machte Slatka

mir einen Vorschlag. Sie meinte, dass sie gerne wieder in ihre alte Heimat zurück gehen möchte, sicher würde dort jetzt auch ihre Hilfe dringend benötigt. Immerhin hatte sie noch Verwandtschaft dort, zu denen sie inzwischen auch schon Kontakt aufgenommen hatte. Ich begriff sofort, was in ihr jetzt vor sich ging und unterstützte ihren Vorschlag. Schon einen Monat später zogen wir beide los ins Ungewisse.

Als wir in Odessa, Ihrem Geburtsort ankamen, wo die Verwandtschaft wohnte, waren wir überwältigt von der Zerstörung. Die Russen hatten überall wo sie gewesen waren, ganze Arbeit geleistet. Ganze Straßenzüge waren wie ausradiert. Das Haus von Slatkas Onkel stand zwar noch, war aber total verwüstet. Mich erinnerte das an unsere Heimat 1945. Auch dort sah es so aus, wenn die Russen abzogen. Jetzt bestätigte sich, was schon während des Krieges oft gesagt worden war. Den

Russen war es nicht nur darauf angekommen Gebäude zu zerstören, sondern
die ganze Kultur der Ukraine zu beseitigen, auszuradieren! Was mir aber un-
verständlich war, dass da ein ganzes
Heer, ein ganzes Volk gedankenlos mit-
gemacht hat. Daran kann man ermessen,
wie stark die russische Propaganda alle
Menschen des Landes eingelullt hatte.
Zu hoffen ist, das sich das nie mehr
wiederholen wird.

Schwierig war es für uns eine Bleibe zu
finden. Deshalb wohnten wir den ganzen Sommer in einem mitgebrachten
Zelt direkt mit Blick auf das Wasser des
Schwarzen Meeres. Duschen und essen
durften wir natürlich im Hause des
Onkels. Hier waren wir nun fast Tag
und Nacht mit beteiligt, alles wieder
aufzubauen.

Der Onkel äußerte mehrfach seine
Bewunderung, mit wie wenig Luxus wir
uns zufrieden gaben. Gelegentlich waren wir auch bei Oma Elfriede einge-

laden. Sie lebte sehr zurück gezogen in einem kleinen Häuschen nebenan. Es stellte sich heraus, dass sie sogar noch etwas Deutsch sprach, denn ihre Wurzeln waren in Deutschland. Ja, sie freute sich sogar, endlich mit uns wieder Deutsch sprechen zu können. Sie hatte zwar einen Frauen-Freundeskreis gehabt, die alle wie sie aus Deutschland stammten, aber leider waren während des Krieges alle gestorben. Sie war als einzige und wohl auch als Älteste aus dem Kreis noch übrig geblieben. Mir kam es so vor, als würde ich hier *dinner vor one* selbst erleben. Denn sie lebte weiter wie früher.

Schnell hatte sie mich in ihr Herz geschlossen und so lud sie uns öfter zu sich ein. Es wurde sogar ein fester Termin daraus. Jeden Freitag durften wir um 17 Uhr zum Tee kommen. Obwohl ich eigentlich gar kein Teetrinker bin, gefiel mir aber dieses Ritual und ich nahm gerne daran teil.

Nach einigen Monaten hatten wir das Anwesen des Onkels wieder fast in Ordnung gebracht. Dann machte er Slatka einen überraschenden Vorschlag. Er würde uns als Dank für unser Aufbauhilfe gerne ein Stück von seinem großen Grundstück schenken. Darauf könnte wir dann uns ein eigenes Haus nach unseren Vorstellungen bauen. Wir dürften uns sogar aussuchen welches Stück wir haben wollten, denn Platz war genug. Ich hatte so das Gefühl, als wenn dahinter Oma Elfreide die treibende Kraft gewesen war!

Als mir Slatka das erzählte war ich begeistert. Sofort kam in mir der Architekt zum Vorschein und in kurzer Zeit hatte ich Grundrisse und Ansichten entworfen, die auch sofort Slatka gefielen. Geld für den Bau hatten wir noch auf Slatkas Familienkonto, von dem wir bisher gelebt hatten. Wir hatten es aber auch nicht an die große Glocke gehängt, sonst wäre es sicher schon längst verbraucht. Jetzt bot sich die beste Gelegenheit, für uns ein eigenes Heim zu erstellen.

Nachdem der Onkel keine weiteren Bedingungen stellte, nahmen wir seinen Vorschlag an. Er drängte uns sogar, das Stück direkt am Wasser zu nehmen, wo bisher unser Zelt gestanden hatte. Das würde für uns Jüngere doch am besten passen, meinte er. Und so begannen wir bereits 2 Monate später mit der Grundsteinlegung, 8 Monate später, kurz vor Weihnachten zogen wir bereits ein. Die Außenanlage war zwar noch lange nicht fertig, aber über einen Bretterweg konnten wir bereits ins Haus einziehen. Es war ein erhebendes Gefühl, endlich in einem selbst gebauten Haus zu wohnen. Zu unserem Glück waren wir hier ja nicht alleine. Täglich kamen Enkel zu uns zu Besuch. Gerne aßen sie auch bei uns mit, denn Slatka verstand es ausgezeichnet jeden Tag eine leckere Mahlzeit auf den Tisch zu zaubern, wobei ihr meistens alte Gerichte ihrer Mutter einfielen, die sie dann einfach nach Gefühl und nach Rezepte aus dem Internet nach kochte. Im Zweifel holte sie sich Hilfe bei Oma Elfriede. Denn zu Oma Elfriede hielten wir ganz besonderen Kontakt, die leider in betagtem Alter kurz vor Weihnachten verstarb.

Sie fehlte nun allen sehr.

Auch ich fand nun nach langer Zeit wieder Zeit, um über mich selbst nachzudenken. Ich hatte bisher immer und überall das Gefühl gehabt, ich sei nur zu Besuch. Oder ich sei eine Kübelpflanze, die man einfach auf einen LKW laden konnte und an einen anderen Ort stellen. Allerdings musste ich wohl eine recht robuste Pflanze sein, wie zum Beispiel eine Olive. Die überlebt auch eine ganze Zeit ohne gegossen zu werden und wartet geduldig auf den nächsten Regen.

Außer in meiner Geburtsheimat hatte

ich mich weder in Mecklenburg, noch in Thüringen, in Sachsen oder in Berlin zu Hause gefühlt und schon gar nicht im Ausland. Leider konnte ich durch den Kübel aber nie tiefe Wurzeln schlagen. Jetzt hatten es Slatka und vor allem die Oma Elfriede tatsächlich geschafft, mich vom Kübel zu befreien. Ab jetzt konnte ich versuchen hier anzuwachsen. Vielleicht würde es für mich sogar eine neue Heimat werden.

Ich sagte zu Slatka, dass ich nun schon viel in der Welt herum gekommen sei. Aber nirgends, außer in meinem Geburtsort, hatte es mir bisher so gut gefallen wie hier.

Ich glaube, hier können wir gemeinsam jetzt in Ruhe alt werden!

Zum Autor:

Am 16. 02 1934 bin ich in Mackensen, Kreis Lauenburg, in Hinterpommern - dem jetzigen Polen - geboren.

1945 wurde ich mit meiner Familie vertrieben und zog zu Verwandtschaft nach Anklam in Mecklenburg, damals sowjetische Besatzungszone. Dort absolvierte ich die örtliche Volksschule bis zur 8. Klasse Weiterführende Schulen gab es 1949 in Anklam nicht, so dass ich mich entschloss eine 3-jährige Schreinerlehre zu machen.

1952 ging ich nach Weimar um an der ABF das Abitur nach zu machen und anschließend an der Hochschule für Architektur und Bauwesen zu studieren.

Als Diplom-Ingeneur arbeitet ich in Leipzig und in Ostberlin.

1963, also 2 Jahre nach dem Mauerbau, gelang mir von Ostberlin über das östliche Ausland und über 3000 km Entfernung die Flucht nach Westdeutschland.

In Reutlingen fand ich eine neues
Zuhause, wo ich bis zur Rente arbeitete.
Fast 50 Jahre später zog ich nach Lahr
in den Schwarzwald, wo ich heute noch
in Zufriedenheit lebe.
Dort begann ich zuerst mein Leben
aufzuarbeiten und in 4 Büchern auf fast
1200 Seiten zu Papier zu bringen.
Es folgten 8 weitere Bücher mit
Kurzgeschichten und als Romane. Dies
ist nun das vorläufig letzte Buch.
***Dadurch wurde mir die Corona-Zeit
nicht zur Last, sondern eher zur
Freude.***

Meine bisherigen geistigen Ergüsse, die
alle unter der angegebenen ISBN-
Nummer im Handel erhältlich sind,
lauten:

<u>**MEIN LEBEN:**</u>
ERINNERUNGEN I; 3.Auflage v.22.05.19
ISBN NR. 978 3732 291724

ERINNERUNGEN II
"Freitag der Dreizehnte"   v.17.02.14
ISBN: 978-3-732-28324-8

ERINNERUNGEN III
"Ein Neuanfang"   v. 10.04.14
ISBN: 978-3-7357-1943-0

ERINNERUNGEN IV
"Endlich Rentner"   v.02.06.14
ISBN: 978-3-7357-3954-4

2. KURZGESCHICHTEN
"60 KURZGESCHICHTEN"v. 27.05.21
ISBN: 978-3-7534-5410-8

"WAHRE LÜGENGESCHICHTEN"
v. 25.02.21
ISBN: 978-3-7534-2594-8

"INTERESSANTE BEGEGNUNGEN"
v. 12.10.22
ISBN: 9783756236022

"INTERESSANTE
KURZGESCHICHTEN"   v. 04.08.23
ISBN: 9 783756 881857

3. ROMANE
"EIN NEUANFANG"   v. 12.05.22
ISBN: 9783756214785

"WAHRE FREUNDSCHAFT" v. 19.02.21
ISBN: 978-3-7534-0661-9

"WENDEJAHRE"   v.18.02.21
ISBN: 978-3-7534-2011-0

"EIN MYSTERIÖSER FUSSABDRUCK"
     v. 06.08.23
ISBN-Nr.: 9 783757 860127